大熊猫

我的秦岭邻居

白忠德 / 著

PANDA

西安出版社

图书在版编目（CIP）数据

大熊猫:我的秦岭邻居 / 白忠德著. — 西安：
西安出版社，2019.6（2021.5重印）
ISBN 978-7-5541-3975-2

Ⅰ.①大… Ⅱ.①白… Ⅲ.①散文集－中国－当代
Ⅳ.①I267

中国版本图书馆CIP数据核字（2019）第125383号

大熊猫　我的秦岭邻居
DAXIONGMAO　WO DE QINLING LINJU

著　　者	白忠德
投资发行	西安中阳网络信息技术有限公司（029-88339015）
发行统筹	王　泉　王　肖
责任编辑	李宗保
出版发行	西安出版社
社　　址	西安市曲江新区雁南五路1868号影视演艺大厦11层
电　　话	（029）85264255
邮政编码	710061
印　　刷	永清县晔盛亚胶印有限公司
开　　本	787mm×1092mm　1/16
印　　张	16.5
字　　数	184千
版　　次	2019年7月第1版 2021年5月第3次印刷
书　　号	ISBN 978-7-5541-3975-2
定　　价	68.00元

△本书如有缺页、误装，请寄回另换。

谨以此书献给大熊猫科学发现150周年

推荐语

贾平凹

白忠德是深入秦岭山里,以紧盯而非远眺的眼光,捕捉秦岭的壮美神韵,透视秦岭的细胞大熊猫,反映它们的历史未来、称谓分类、物种地位、生态习性、性格命运、保护发展、人们对它们的关爱付出。他不再看重传统的"知识科普",而是意会着秦岭野生大熊猫的原生态,注重"亲历性"、"现场感",文字鲜活感性,有嚼头,不生涩。忠德为人热情,但他的写作沉静着,含而不露,把自己的观点和爱憎,包裹在文字里面,就像院墙里绽放的花朵路人闻到了香,我们是能感受到的。在人与自然关系紧张对抗的当下,白忠德呼唤人与动物、与自然和谐共生的那份情怀与担当,便显得愈发可敬可贵。

目录

002 / 史话熊猫

011 / 秦岭亚种

023 / 花熊,特务?

028 / 佛坪藏国宝

034 / 大智若愚

041 / "族"丁不旺

049 / 吃素的"和尚"

056 / 熊猫斗豺

061 / 教子有方

068 / 冲冠一怒

076 / 侠骨柔肠

081 / 叩门问药

086 / 贵客来访

092 / 逛逛老县城

098 / 熊猫谷掠影

113 / 明珠出尘

120 / 金发女郎

133 / 乖乖真乖

139 / 艳艳留洋

145 / 英雄母子

165 / 逃跑公主

173 / 雪雪住华阳

180 / 庆庆的眼神

186 / 坪坪回老家

193 / 觅踪三官庙

203 / 北大教授与熊猫

214 / 今生与熊猫结缘

223 / 曾周之死

230 / "千斤砸"下的冤魂

237 / 无人区的守望者

246 / 熊猫画家王西林

251 / 后　记

生态之美与人性之爱

三年前有朋友问我:"白忠德,你写了熊猫,还要写啥?"我忍不住笑了。我们吃过早饭,下来是午饭;白天劳作,晚上睡觉;今年这块地点了玉米,明年栽了红苕。这一切,都是自然不过的事,写作也是如此。

文学是个性极强的劳动、寂寞冷清的职业,很难大红大紫。我是写动物的,老虎独来独往,可它是兽中之王,森林里的动物对它俯首称臣,聪明的狐狸也只能借着耍耍威风。我老家在秦岭深处,那里生活着100多只大熊猫,除了交配期、哺乳期,也都不集群,各走各的道。人类的喜爱,让它们享受到其他动物无法企及的尊严和荣耀。

人这辈子是有神灵指引的,有的意会到了,有的漠视了。2003年的"非典",是国家上空的乌云,却成了我头顶的蓝天。我从那时开始收集整理秦岭、秦岭大熊猫素材,一晃16年过去了,像是睡了个午觉,我还是一只蜗牛,可不是彼时的那只蜗牛。

　　大熊猫是我的朋友和邻居,这么些年,我一次次走进秦岭,一点点走近它们,倾听它们的喜怒哀乐,感知它们的幸福苦难。大熊猫的历史演变、称谓、出国史,秦岭亚种的发现、与四川亚种的区别、秦岭何以成为国宝的庇护所,佛坪大熊猫的独特地位,大熊猫的表面憨厚、内心智慧,"族"丁不旺的原因,选择竹子的理由及生理机制的改变,与天敌豺狗的搏斗,教养子女的方法,为性爱展开的战斗,熊猫生性温柔不怕人,生病时求医问药,到村民家做客"捣乱",这些都写进了书里。还有那些明星熊猫、英雄熊猫,秦岭里捕捉的第一只熊猫弯弯、救助的第一只棕色熊猫丹丹、与雍严格保持四年交情的熊猫乖乖、留洋德国的佛坪熊猫艳艳、洋县华阳的英雄母子娇娇与虎子、浑身传奇的"逃跑公主"白雪、入住华阳景区的雪雪、与作家方敏对眼神的庆庆、温柔黏人的坪坪;更有保护关爱大熊猫的人士,北京大学潘文石教授、秦岭大熊猫专家雍严格、西河无人区的守望者熊柏泉、秦岭大熊猫画家王西林,以及为大熊猫献出生命的曾周、赵俊军。他们都在本书中占有重要席位。一句话归结之,便是反映了大熊猫的过往历史、生态习性、性格命运、保护发展以及人们对它们的关爱付出。这可算作生态文学大河里的小溪流。

　　全球化、现代化让我们物质生活富足的同时,也带来许多问题,诸如环境污染、物种消失、资源枯竭、土地沙化、灾害频发,人们的精神更是经历着从未有过的贪欲、焦灼、困惑、堕落乃至绝望,我们与自然、与其他生灵的关系变得前所未有地紧张、对立、血腥、残忍。这样的背景应运出了生态文学，它对读者的心灵予以抚慰召唤，让我们的内心归于富足宁静，认识到与自然万物达成和解、消除对抗的紧迫及其途径。

我们在生态文学创作中，要更多地倡导每个人的责任和担当以及对自然万物的爱。一个充满悲悯、爱心的人对所有生灵都会爱惜。

没有爱，没有呵护，就没有理想的生态环境。生态之美的背后是人性之爱，一个人只有爱他人，才会爱万物。万物生来平等，没有高低贵贱之别。当下我们要做到的，是对所有物种一视同仁的悲悯与关怀。本书的写作过程，也是我对人与自然、人与动物、动物与自然关系的思考和忏悔过程，让我懂得以平等之心、真诚之意与大自然中的生命个体进行交流对话。

本书写作的另一层目的在于，大熊猫是动物界的旗舰物种、"联合国秘书长"、"国家元首"，人们对它们的国际关注度是最高的。要是能把这种动物保护热情，延伸到比其知名度低的生命体身上，那将是动物生态文学创作的理想状态。有了这样的生命意识和自觉观念，我们将改善对自然万物的态度，彼此平等友好地共存下去。

咱是普通人，喜欢做梦，梦想把自己活成一只熊猫。我的秦岭熊猫写作，犹如夏夜稻田里呱呱通宵的青蛙，人们习惯了，耳朵起了茧巴。而大公鸡天亮前那一声啼鸣，让人生出喜悦的期待。我没有大公鸡的本领，就做一只青蛙吧，聒噪着，闹腾着，赶走一点点黑夜的静寂。

史话熊猫

▼

史话熊猫

人类这个自视清高的物种，还从来没有如此热情地关心过其他某个单一物种，给予至高的荣耀和华美的辞藻，视为吉祥、忠厚、和睦的象征，尊为贵宾，作为国礼相送。享受这般待遇的，是大熊猫，也只是大熊猫。"熊猫有一种与生俱来的魔力，能改变和打动所有看见它的人。"怪不得，《最后的熊猫》作者夏勒教授，发出了这样的感慨。

大熊猫是中国的，更是世界的，是动物世界的国家元首、联合国秘书长，还是动物保护的旗舰物种和珍贵的世界自然遗产，为我国政治、文化、外交领域输送着独特而无法替代的能量。

"活化石"并不是一个随便可用的词儿,许多时候,就像件黑白装只穿在大熊猫身上。800多万年前的中新世,它们来到了这个星球,比我们人类早了600万年,贴上"悠久""坎坷"的标签是般配的。"大熊猫之父"胡锦矗所编《大熊猫传奇》讲述了大熊猫的身世演化。大熊猫化石最先在1915年发现于缅甸,中国大熊猫化石则发现于20世纪20年代初期。云南禄丰县、元谋县出土的始熊猫化石,是今天大熊猫的直系祖先,体型约为现今大熊猫的1/3,像一只肥狗,体重相当于十月龄大熊猫体重。距今约200万年前的上新世晚期或更新世早期,生活着小种大熊猫,体型约为现今大熊猫一半大小,近似一岁龄的大熊猫体重,人类这时还处于猿人阶段。早更新世晚期,出现了大熊猫武陵山种,体重近似于现生亚成体。距今100万年前左右的更新世中晚期,大熊猫家族进入最为繁盛的时期。巴氏亚种活跃在南起缅甸北部、北到我国北京的广大地区,体型比现生大熊猫大1/9~1/8,体重达到120公斤左右。全新世以来的大熊猫被视为大熊猫现生种(亚种),现生种体型稍小,成年个体平均体重100公斤左右。(胡锦矗《大熊猫传奇》,科学出版社,2016年3月版)

胡锦矗《大熊猫传奇》(白忠德 摄)

这时,人类已由旧石器时代迈入新石器时代,特别是踏入铁器时代后,人丁开始旺盛,征服自然的节奏加快,挤占蚕食着大熊猫栖身生活的地方。它们惹不起两条腿的家伙，只好一步一步退让，最后退缩到川、甘、陕的凉山、大相岭、小相岭、邛崃山、岷山、秦岭南坡那些被长江众多支流切割出的30多个"孤岛"，过起孤独凄凉的隐士生活。

魏辅文《野生大熊猫科学探秘》（白忠德 摄）

大熊猫的演化历史是条波澜壮阔的大河，一浪一浪朝前走，涌动着暗流，裹挟着秘密。它们的种群如何波动，怎么分化，原因何在？一直是个谜团，直到基因组学的发展，才被解开。魏辅文院士采用种群基因组学、宏基因组学技术，阐明大熊猫种群历史、濒危过程及演化潜力，揭示了大熊猫在食性转换和特化历程中从形态、行为、生理、遗传和肠道微生物等方面产生的适应性演化规律，得出古气候变化和人类活动导致其濒危的结论。

（魏辅文《野生大熊猫科学探秘》，科学出版社，2018年2月版）

大熊猫的称呼曾经模糊而混乱，诸如貘（mò）、羆（pí）、貔（pí）貅（xiū）、白熊、花熊、竹熊、大熊、银狗、峨曲、执夷、猛豹、虞花熊、大浣熊、杜洞尕（gǎ）、猛氏兽、食铁兽。古人称之"食铁兽"，可见它曾凶猛刚烈，远非今天这么娇憨温顺。四川宝兴一只大熊猫闯入农户家，吃了羊骨头，啃坏了菜刀、保温桶、木桶。四川卧龙一只大熊猫吞吃下一个盛装饲料的锑盆，金属碎片夹在粪便中排出。它的科学命名与现代称谓与一个西方神甫牵上了干系。

阿曼德·戴维是法国神甫，"主业"是传教，却把精力用于动物研究。最令人瞩目的成就，当属第一个发现并将大熊猫介绍向世界，引起巨大轰动。150年前的5月4日，他把猎手从四川宝兴捕到的一只"竹熊"命名为"黑白熊"，做成了标本，送回法国国家博物馆。博物馆主任米勒·爱德华兹根据其外形特点定名为"大猫熊"。1939年，重庆平明动物园举办大熊猫标本展览，由于排版和中文读法，参观者把标牌上的"猫熊"读成了"熊猫"，"大熊猫"这个现代名称诞生了。

（熊柏泉　摄）

老子说："祸兮福所倚，福兮祸所伏。"1869年，是戴维神甫的幸运年，他被载入人类科学史册。这一年，却是大熊猫物种的灾难年，猎杀、捕捉纷至沓来。农耕文化下的中国猎人，狩猎只为满足自身需要，或小范围以物易物。大熊猫肉粗不好吃，皮硬不好用，不属

于狩猎品种。商业文化下的西方猎人却讲究交换、追求利润,猎取野生动物当然是越多越好。

就拿大熊猫来说,当西方知道这个神奇物种后,发起了近乎疯狂的猎取和掠夺,充斥着赤裸裸的血腥屠戮和金钱交易。罗斯福兄弟号称"熊猫杀手",露丝·哈克纳斯首次将活体熊猫苏琳冒充"哈巴狗"带出中国,"熊猫王"史密斯贩卖大熊猫最多……

凭借一只大熊猫,戴维搅动了科学界的一湖水。大熊猫走进世人眼球的那一刻,一场分类学大争论随之而来:大熊猫归于熊科、浣熊科还是自立门户?三个阵营展开混战,针尖对锋芒,互不相让,唯有熊猫冷眼旁观。据说,已有超过50部学术专著声称解决了熊猫起源与分类的问题。一个多世纪的论争,把大家都整累了,想想在为谁忙啊?然而,纷争还没终结……

戴维捡起一根柴,在四川宝兴点燃了一把火,哪知星星之火渐成燎原,燃起了世界范围的"大熊猫热"。

地球上飘扬着两面标志性旗帜:一面是管理人类社会事务的联合国旗;一面是保护所有野生动植物的大熊猫之旗。世界野生生物基金会——世界自然基金会前身,于1961年宣告成立。会徽为大熊猫,原型是姬姬,1958年奥地利动物商海尼·德默用3只长颈鹿、2只犀牛从北京动物园交换得来。大熊猫也成为许多国家自然保护运动的象征。

大熊猫成为"世界公民"的历史,几乎与我国的对外交往同步。汉唐时,朝廷为了边疆稳定,用女色去安抚少数民族首领,便有了昭君出塞、文成公主入藏。大熊猫也充当起了类似角色,公元685年,唐玄宗送给日本天武天皇两只大熊猫,这是熊猫首次作为"友好使者"出国。中国现代历史上首次"熊猫外交"发生在1941年。作为最高规格国礼，宋美龄向美国赠送一对大熊猫，感谢其救济中国难民。美国总统尼克松访华时，中国以熊猫相送，《华盛顿邮报》发表评论："周恩来通过可爱的大熊猫，一下子把美国人的心征服了。"

这些"和平大使"受到"国家元首的待遇"，旅美大熊猫玲玲的一只幼仔夭折，世界自然基金会瑞士总部第一次下半旗志哀。大熊猫"明"于1944年底去世，《泰晤士报》专门发"讣文"："它曾为那么多心灵带来快乐，它若有知，一定也走得快快乐乐。即便战火纷飞，它的离去依然值得我们铭记"。兰兰和康康的座机一进入日本领空，就有一个战斗机编队护航；美国人像对待好莱坞明星一样爱着熊猫，熊猫住所都是价值数百万美元的"豪宅"。

旅居南澳洲的熊猫网网、福妮，只吃当地一种竹子，其余的要从两千多公里外的澳洲其他地方空运。生活在联邦德国的宝宝，吃的竹子是从法国用专机空运而来，还要冷藏消毒保鲜。据说，美国总统出访时，也是空运了厨师和食物的。

秦岭大熊猫享受冬日暖阳 （赵建强 摄）

大熊猫
PANDA
我的秦岭邻居

2016年9月发生的一件事，将大熊猫的命运推向风口浪尖。作为世界规模最大、历史最悠久的全球性环保组织——世界自然保护联盟发布报告，将大熊猫濒危等级从"濒危"降为"易危"。但国家林业局并不认同，认为大熊猫所受的威胁及濒危状况仍然不可忽视，一旦降低等级，保护工作出现怠慢和松懈，其种群和栖息地都将遭到不可逆的损失和破坏，已取得的保护成绩很快就会丧失。老实说，这个表态很现实，很清醒。

西方人看重大熊猫，中国也不愿落在后面，毕竟是自家国宝呀。我国政府每隔10年左右会对大熊猫野生种群生存状况、数量进行一次全面调查，即使困难时期也没间断。除过与我们直接关联的普查活动，还没有哪个物种享受这种"举国体制"。每一只圈养个体都被登记入册，拥有自己的国际谱系编号，享受最优厚的待遇。每一只熊猫死亡，都要上报各级林业部门。而熊猫出国，需要四位总理级人物签字。戴丽是世界首例接受截肢手术的熊猫，手术方案是经国家林业局

秦岭 （曹庆 摄）

批准的。

几年前，要从成都到兰州修条铁路，终以隧道形式穿越"国宝"栖息地，把对大熊猫的影响降到最低。投资是大幅度增加了，但这钱花得值啊！秦岭里拍到野生熊猫，都是重要新闻，能上央视的"新闻联播"。我在佛坪采访时，当地人也多次说，熊猫是背着红头文件的，比人值钱。

大熊猫是动物世界里最引人注目的明星，它们的吃喝拉撒、发情婚配、生儿育女，都是我们关注的焦点，所有隐私（包括性行为）都可以在所有媒体刊播，而明星的隐私（诸如婚外情、嫖娼）只能见诸小报小刊。同样是隐私，却不可同日而语：描写人的情爱，稍稍尺度大点，便成了色情。但讲述熊猫的爱情，再详尽也是科普。

作为明星物种、旗舰物种，大熊猫的保护价值就是它的文化价值和生态效应。今天我们把生物多样性挂在嘴边，不是要走走样子的。它是人类赖以生存的根基，供给着清洁的空气、干净的水源、无公害的食物，使我们少受、甚至免受疾病、自然灾害的侵袭。想想吧，保护大熊猫以及那片林子，就是在保护与它共生的成千上万种动植物，山青了，水绿了，我们的环境就变美啦。西安人的饮用水大部分来自黑河，要是没有了秦岭植被，黑河干涸了，我们喝什么？未来的引汉济渭，更要依赖这个绿色海洋。退一步说，连"世界公民"大熊猫都侍奉不好，我们还能把啥事干好，咋给祖宗后人们交代？

秦岭亚种
▼

秦岭亚种

/

有这么两件事,把我们的目光引向大熊猫和秦岭:2018年10月29日,大熊猫国家公园管理局在四川成都挂牌成立,是仅有的三个经最高层审议的国家公园体制试点方案之一,另两个是东北虎豹国家公园、三江源国家公园。陕西省终于逮住机会,开始大张旗鼓地包装推介秦岭大熊猫,由省林业局主办的首届秦岭大熊猫文化宣传活动于11月19日盛大开幕,掀起了秦岭大熊猫生态与文化建设的高潮。

一条龙,在华夏大地中部蜿蜒腾跃,尾巴在甘肃,穿越陕西,把龙头搭在河南。这是一条巨龙,长一千六百多千米,承运了华夏文明,腾跃出生态屏障。这巨龙就是秦岭,一座伟岸、神奇、灵性的

山,中华民族最伟大的父亲山,与欧洲阿尔卑斯山、美洲落基山脉并肩,提携了黄河长江,统领着北方南方,庇佑着大熊猫、金丝猴、羚牛、朱鹮这些世界知名的精灵。

羚牛夫妻 (齐杨 摄)

中国的名山不少,大多是以风景名胜闻名,而具有生物多样性的只有秦岭与横断山脉,但后者没有染上文化和文明底色。只有秦岭是将两者搭配得最好,犹如一个人肩上的挑子,一头是风光,一头为历史,稳稳地从远古走来,走过洪荒岁月,走向大洲大洋。秦岭原本是中国的,因了大熊猫的存在,一下子成了世界的。大熊猫,为秦岭在世界这本大书上画下了浓墨重彩的一笔啊!

秦岭日出 (曹庆 摄)

早在70万年前，大熊猫就繁衍生息在秦岭。1986年底，在陕西洋县倪家沟金水河口出土的大熊猫小种（祖先种）和巴氏亚种化石，证明了秦岭大熊猫身世的远古变迁。这个被民间唤作"花熊"的神兽，《汉中府志》即有记载："鸟兽有熊、豹、豺、狼……""似熊小，毛浅，有光泽，能食蛇，食铜铁"。民国21年，动物学家便推测陕西秦岭山脉以南有大熊猫分布，却一直未找到实物证据。1958年是个不寻常的年份，注定要载入秦岭大熊猫研究史册。这年春天，北京师范大学生物系教授郑光美带着生物学实习队来到佛坪县，在岳坝公社收集动物皮毛标本，寻到被杨笃芳当作特务打死的"花熊"皮张、骨骼，带回北京研究，并于1964年发表《秦岭南麓发现的大猫熊》，首次向世界宣布秦岭发现大熊猫的消息，揭开了秦岭大熊猫的神秘面纱。

金丝猴（何鑫 摄）

而后的1973年，张纪叔等人在佛坪岳坝一带收集大熊猫皮8张、头骨2具。1974年，史东仇等进行大熊猫生态学调查时再次获得标本；同年，原陕西省生物资源考察队对佛坪、洋县、周至、宁陕、太白5县的大熊猫、羚牛和金丝猴的数量进行调查，确定佛坪是秦岭大熊猫分布的中心地区。

说到大熊猫，蹦到嘴边的就两个字——"四川"。这不难理解，四川是世界大熊猫模式标本产地、科学文化发源地、保护文化发源

朱鹮（王维果 作）

地、研究发源地、科学法则命名的模式皮张标本产地，也是第一只被介绍到西方的活体大熊猫采集地，野生数量、圈养数量都最多。全国第四次大熊猫调查结果显示，截至2013年底，全世界野生大熊猫共1864只，四川1387只，占74.4%；目前全球圈养个体548只，四川占到2/3。他们把"熊猫牌"打得很顺手，相关电影、图书、期刊、玩偶、研讨活动很多，还成立了专门的生态文化研究机构。这让人不服都不行，去年我去成都，在一家超市购物，见到好些商品包装上印着大熊猫图案，随手拿过一个，包装上是一丛竹林，下面卧着只憨憨胖胖的大熊猫，细瞅里面是坨兔肉，我就愣了好几分钟，生出些复杂情绪。

成都好多熊猫公司开发的文化产品（白忠德 摄）

我们确实没法和四川大熊猫比数量，拼影响，但秦岭熊猫是有个性的，独特的，不是这个大家庭里可有可无的小成员。我不是夜郎，说的句句实话，如若不信，听我道来——

秦岭大熊猫已被科学界公认为大熊猫新亚种。四川熊猫与秦岭熊猫是"兄弟"，而非"父子"，这可是秦岭熊猫研究史上的一个里程碑。改写这一关系的是浙江大学生命科学院教授方盛国，他根据新的动物分类学研究结果，将大熊猫分为四川亚种和秦岭亚种，秦岭亚种仅占18.5%。它比其他五大山系的大熊猫更为原始，具有独立的进化历史，遗传分化、形态已达到亚种分化水平。种群数量更少，栖息地更狭窄，生存情况更为濒危。

大熊猫分为"就地保护"和"异地保护"两种，四川把圈养活儿做得非常好，生态旅游鼓了他们的腰包。秦岭是中国野生大熊猫栖居最北的地方，生育力强。第四次普查结果显示，由20世纪80年代的109只增加了217%，达到345只，增幅全国最高；密集分布区每0.45平方公里1只，而四川王郎保护区5~9平方公里才能达到这个水平，种群密度全国最大；第四次"猫调"秦岭获得535份DNA样品，成功鉴定出178只野外个体，占全国53%。由于居住地海拔低，人与熊猫打照面的时候最多，在佛坪三官庙、太白县黄柏源、洋县华阳，科研人员或村民多次看到大熊猫为领地或食物"打群

卧龙大熊猫（卧龙保护区　提供）

架"、为爱情摆"擂台赛"。与四川亚种"隐居深山，难得一见"的情形大不相同。这么高的野外可遇见率，是秦岭亚种所独享的。

秦岭山水好，养得秦人一统中国，养得熊猫娇憨富态。受到嘉陵江的阻隔、人类活动的影响，两弟兄5万年前就断了往来，无法"串门"联姻，各过各的日子。俗话说，一方

秦岭大熊猫　　（刘小斌　摄）

水土养一方人，四川地区土壤、气候、植被与秦岭有很大差别，两地的大熊猫长相、颜色、身形便打上了不同烙印。一般人可能识别不了，但专家们打眼就看出来：四川亚种头大牙齿小，头长似熊，胸部深黑色，腹部白色，下腹部毛尖黑色、毛干白色；秦岭亚种头小牙齿大，头圆像猫——这不是我们家里养的猫咪，是浣熊科的小熊猫，胸部深棕，腹部棕色，下腹部毛干白色、毛尖棕色；四川亚种是娇小玲珑的林黛玉，最长1.4~1.5米，秦岭亚种则是丰腴富态的薛宝钗，可达1.7米。

四川亚种洋气富贵，吃得好，住得好，生病有人看，性生活有人帮，坐月子有人伺候，像极"富二代"，可谓"熊生美好，岁月静美"。但它没自由，整天待在圈舍里。秦岭亚种乡土气息浓，吃住在竹林、树林，喝着山泉水，自己养孩子，伤病自己管，聪明的就往人户跟前跑，但山里住户少，也许还没走拢，蛔虫已把身子骨掏空了。虽说小日子过得艰难，但想干啥就干啥，没人拦着挡着，也不用看脸色行事。不是有个诗人说过："生命诚可贵，爱情价更高。若为自由故，两者皆可抛。"

爱情是块魔石，对人和动物的都有很大的吸引力。圈养大熊猫懒到不愿交配，丧失性爱兴趣，得靠人帮忙生育。以我辈来说，真不知它们活得还有啥意思。秦岭亚种圆脸上闪耀着荷尔蒙的激情，为爱情、为性福疯狂搏斗，你撕我咬，甘愿皮肉之苦，更能把浪漫刺激玩到极致。洋县华阳山里，一只雄性大熊猫东一口，西一爪，左冲右突，摆脱了情敌们的纠缠，急速奔到"美女"所在的树下。不像通常那样守在"美女"树下，阻止她逃离和情敌的接近，它可不想耽误一分一秒，"蹭蹭蹭"爬了上去。树干上部碗口粗，阳面斜生着好些枝杈。"美女"就蹲踞在一根胳膊粗的枝杈上，一见"心上人"这般勇猛，是被震撼了，感动了，立即配合调转身子，前后肢下移一点，抓住两根稍小点的，屁股朝上。"猛男"从树干阴面攀到"美女"原本待着的地方。他是啥也不管了，就将整个身子压上去，急慌慌黏在一起。前肢紧紧抓住"美女"脊背，嘴巴微微张着，是岩浆迸发时的激荡。"美女"则沉静多了，四肢抓牢枝杈，嘴巴抿着，不敢生一点大意。她清楚自己承领着"心上人"的重量和冲击，一旦"失手"摔下去，纵然不死，也得残废，

大熊猫树上交配（向定乾　摄）

生命与酣畅都要紧。这样旺盛的生命力，只有秦岭大熊猫才有啊。

大熊猫祖祖辈辈穿着黑白服，秦岭大熊猫却是黑非纯黑，白非纯

白，黑中透褐，白中带黄，更有爱美的，化了彩色妆。1985年，是改写大熊猫研究史的一个重要年份，世界首只棕色熊猫现身陕西佛坪。丹丹，美人中的美人啊，熊猫迷们爱得抓狂。但它不是唯一的，34年来，人们在秦岭见到棕色个体8次。

我们要感谢秦岭，它为大熊猫提供了这么一片生存净土和最后的庇护所。秦岭东西横亘，高大的山梁作了天然屏障，挡住北方来的寒流，却对东南季风温情脉脉，很大方地让它们从南汉江河谷跑进来，带给这里适宜的气候，冬不严寒，夏无酷热，常年温润凉爽。同时，高大的山体和复杂的地形，排演出秦岭众多的小环境、小气候，错开了竹类的大面积同步开花。竹子不会同时枯萎，大熊猫也就衣食无忧了。更阻止了人类攫取的步伐，避免了对秦岭的盲目开发。南坡又山势平缓，适宜熊猫活动觅食。秦岭草木茂密，有着强大的自我恢复力，为大熊猫提供着良好的栖息地和丰富食物。洞穴是熊猫产仔繁衍的重要场所，林立的险峰与纵横的岩石，构成众多天然石洞或石穴，为熊猫产仔育幼提供了温暖和安全的环境。竹林是熊猫的主食，决定着它们的命运与幸福。这一点，秦岭也占优势，竹子种类繁多，分布广泛，如巴山木竹、秦岭箭竹、龙头竹等，到处可见。20世纪80年代，那场轰动全球的"竹子开花危机"，对秦岭熊猫影响很小。

秦岭地区独特的农耕文化，使得猎人们只

本文作者在巴山木竹林（白忠德 提供）

把狩猎作为生存需求，而不是靠其发财。就像非洲大草原上的狮子，仅仅为着口腹，绝不大开杀戒。庄子说"木以不材得终其天年"，熊猫是自己拯救了自己，它们的肉粗糙难吃，皮硬没法用，猎人们没把它们纳入狩猎品种。秦岭的开发相当早，人类活动甚为频繁，大熊猫与人们经常打照面，彼此友好，渐渐处成了亲戚。

潘文石教授配麻醉药（向定乾 提供）

深山利于熊猫生活，人们就觉得不大方便了，跋山涉水，活得疲累，还是做个远亲好些。人们无意识、自发甚至自觉的迁居行为，反倒给熊猫们腾出了生存空间。烂店子梁、华阳沟、财神岭、李家沟、赵家沟、纸厂坪、瓦房沟、牌坊沟、蒸笼厂、骡马店，这些地方曾有人户，遗留着断壁残垣、坟茔，绣满苔藓、地衣。如今，人类变得自觉，由政府主导的陕南移民、扶贫搬迁，把更多地方还给了动物。

作家谭楷在秦岭（谭楷 提供）

秦岭地区建起佛坪、观音山、长青、太白山、黄柏源、桑园、青木川等10多个国家级、省级自然保护区，以法律、经济或行政手段守卫着熊猫们的自由、幸福和安全。政府热情推进退耕还林、禁止乱砍

乱伐、收枪禁猎，108国道秦岭隧道上方建"秦岭大熊猫走廊带"，改造东凉公路桥涵，辟出动物通道。动物们的天地更为广阔，安全得到很好保障。

　　人们的奉献与付出，催着秦岭大熊猫快乐成长。北京大学研究生曾周，野外寻找熊猫时迷路坠落悬崖；佛坪保护区职工赵俊军，倒在了偷猎者安置的"千斤砸"下面；兽医薛克明，为抢救丹丹耽误了病情……科研工作者推进了秦岭大熊猫的保护与研究，北京大学潘文石教授最早来到秦岭，观察研究秦岭大熊猫，促成长青保护区的建立；中科院魏辅文院士团队走进秦岭，将种群基因组学和宏基因组学等新技术引入大熊猫研究，阐明栖息地破碎化导致大熊猫孤立小种群崩溃机制，推动国家大熊猫放归和栖息地廊道建设工程实施；浙江大学方盛国教授研究组开展秦岭大熊猫遗传学研究，确定大熊猫秦岭亚种，揭开秦岭大熊猫保护工作新篇章。

朱鹮暮归（王维果　摄）

神奇的秦岭,孕育着以"秦岭四宝"(大熊猫、金丝猴、羚牛、朱鹮)为代表的众多生灵。秦岭大熊猫,更把这里当作生命的乐园,体验着绵长悠久的幸福与欢乐。

金丝猴抱团团 (何鑫 摄)

羚牛近影 (赵建强 摄)

花熊，特务？

花熊,特务?

/

法国神甫戴维发现大熊猫88年后,佛坪人还不知道"花熊"就是举世闻名的"国宝"。1957年,原岳坝乡乡长杨笃芳打死两只"花熊",成为文献记载第一个打死秦岭大熊猫的人。

提及那段往事,这个略显木讷的山里老汉打开了话匣子:"我不光见过熊猫,还一天内打死两只呢!"看到我惊讶的表情,杨老汉解释道:"那时不认识熊猫,也没说要保护。放在现在,说啥也不敢打哩!"

杨笃芳老人忘不了这事。1957年冬天,空中飞过一架飞机,扔下个不明物体。村里人看到了,以为来了特务,就向他报告。岳坝乡当时属洋县管，杨笃芳是这个乡的乡长，心想事关重大，立即带人跑到百多公里外的洋县公安局。公安局领导听了汇报，命令他组织民兵搜山。杨笃芳和公安局郑股长带了11个荷枪实弹的民兵进山搜捕"特务"。下午4点多钟，他们来到西河的小白河沟口附近竹林。前方30米远处，一个头戴"白草帽"，身穿"白马褂"洋装的人在林中穿行。一个眼尖的民兵看到了，便向领头的杨笃芳报告。杨笃芳走向前去，发现那个家伙正往这边观望。

本文作者采访杨笃芳（曹庆 摄）

"站住"

"把手举起来"

"我要开枪了……"

几次喊话，都不被理睬。

他与郑股长一番琢磨，认为那个家伙就是特务，派民兵散开围堵在周围，他用中正式步枪射杀。他是当地有名的神枪手，连放两枪，"特务"应声倒地，子弹从左耳朵后面穿过去。他们冒险凑上前，满以为打了个特务，走近一瞧，是个黑白花相间、像狗熊一样的动物。他是猎户出身，打过狗熊，这个动物像狗熊，可是颜色不对。没有多想，他们就把它的皮剥了。

下午6点多，他们抬着这个"特务"，到了一个山崖下边，找个岩洞，砍些毛竹搭起铺，准备过夜。有人生起火，支起吊罐开始做饭。大家围着火，坐了一圈，聊得正高兴。火苗和烟雾升腾起来，崖壁上那棵松树开始落水，把他们的脑袋浇湿了。水从悬崖滴下来，流到了杨笃芳嘴里，臭得要命，他差点呕了。还以为在下雨，探头望天，透过树叶缝隙，星子繁密，眨巴着眼睛，借着星光，瞅见树上蹲个像黑子的家伙，是它在撒尿？大家说那是狗熊，狗熊是个厉害角色，有危险啊。大家又让他开火，杨笃芳顺手拿起枪，对准那家伙扣了扳机……

"砰"的一声，又是"咚"的一响，黑家伙掉了下来，不偏不倚，砸在煮饭的铁锅上，把吊罐撞翻了，将火压灭了。点燃火把，借着火光，发现与下午打死的那只一样。大家围着议论起来：这家伙笨得很，要是狗熊肯定会攻击的。黑子胸脯处是花的，这家伙没白斑。琢磨来琢磨去，众人搞不明白就向政府报告了，政府派人看了，也没个结论。他们把第二只扒皮煮着吃了。杨笃芳说，那肉难吃得很，一股烂竹子味，汤就更不好喝了。他将皮张带回家，铺在床上当褥子，骨头扔在山洞。

这事第二年掀起了轩然大波。1958年，北京师范大学郑光美教授来这里收集动物皮毛标本，找到杨笃芳询问野生动物情况。杨笃芳想起床上那个皮张，告诉郑教授，自己打死过两只从未见过的花熊，遂拿出皮张给他看。郑光美把它与自己带来的图谱一对照，突然捧着皮

大熊猫 PANDA

我的秦岭邻居

张哆嗦起来，说这是国宝大熊猫啊！立即让他带路，上山找回遗弃在山洞里的熊猫骨骼。郑光美带走了这只熊猫的皮张和骨骼，也带走了杨笃芳老人内心的平静。

依据标本，郑光美很快确认"花熊"就是生活在秦岭里的大熊猫。适时，许多报刊停刊整顿，直至1964年，郑光美、徐平宇才在《动物学杂志》复刊号上发表文章《秦岭南麓发现的大猫熊》，首次揭露秦岭生活着大熊猫。至此，中国大熊猫分布版图多了一个"秦岭"。

我问他后来还打过没，杨笃芳哈哈大笑道："当年郑教授说这是国家的财富，我是党员，虽说喜欢打枪，可从那时起，我就再也不打了。国家出台保护法，再打就是违法了……"

两只大熊猫付出了宝贵的生命，却赢来了整个秦岭亚种的幸福与平安。我突然想到，人类社会生活的进步与发展往往也是以牺牲少数人的利益甚至生命为代价的。

走进人们视野"大熊猫秦岭亚种"

大熊猫是我国的国宝。可是很长时间以来，我们只知四川有这种"萌萌哒"，可谓名满全球。谁也不会料到，在秦岭，在陕西，竟然也有大熊猫，更有化成彩色妆的。

详情请扫码阅读了解。

佛坪藏国宝
▼

大熊猫 PANDA

我的秦岭邻居

佛坪藏国宝

/

我的家乡佛坪是陕西人口最少的县，没出过什么重量级的名人权贵，可它在外界的知名度却很大，甚至飘到了海外。带给这里名气和荣耀的，不是别的，正是国宝大熊猫。

那年我从乡下到县城读高中，坐班车刚过肖家庄，就看到远处有个顺坡砌就、高低错落、红白相间的建筑群。乡下生活的我，见识自是短浅，哪见过这么宏伟的建筑，便心生敬畏与震撼。上中学后，听老师说这个神秘的地方就是佛坪自然保护区的院子，是专门保护大熊猫的。中学就在保护区北隔壁，相距不过百十米，我们经常到保护区院子看电影。院门高大得很，好像终年敞开着，人可自由出入。院子办公楼旁边放着一个钢筋焊成的铁笼子,从那里传来"嗷——嗷"的叫声,吸引着我们走近笼子。我是第一次见到黑熊,它在笼子里不安分地转过来转过去,有时用脚掌牢牢抓住四周钢筋,让身体悬空起来。它是怎么被捉进笼子,后来去了哪里,我一概不知。不知过了多久,保护区开始铁门紧闭,很快就听说,有人偷走了一张熊猫皮。案子最后是破了,皮张被从对面河滩的石头下挖出来,窃贼没被抓住。从此,门禁却严格起来,外人不得随便进出了。

中学在公路边,到保护区要从学校门口过。我们经常见到黄头发、高鼻梁、操着一口叽里哇啦洋文的外国人,三三两两地从县城方向到保护区,或从保护区去县城。班里有个女同学,她爸在保护区上班,她给我说那些洋人是来看大熊猫的。"啊,大

佛坪县"山水佛坪,熊猫家园"雕塑（白忠德 摄）

熊猫竟能把外国人引到咱这里来？"从此,我对大熊猫的好奇如一粒种子植入土地生根发芽,渐渐繁茂起来。

我以为,佛坪熊猫是秦岭熊猫的缩影和代表。这么说是有依据

的：文献记载打死的第一只秦岭大熊猫是在佛坪；野外捕捉的第一只秦岭大熊猫来自佛坪；世界第一只棕色大熊猫发现于佛坪；中科院秦岭大熊猫野外研究基地、陕西珍稀动物抢救饲养研究中心野化培训基地落户在佛坪；著名大熊猫研究专家雍严格是土生土长的佛坪人；全国有67个以保护大熊猫为主的保护区，国家林业与草原局直属三个，佛坪便在其中；佛坪还与珠穆朗玛峰一道加入联合国教科文组织世界生物圈保护区网络，当年看到这条新闻可是让我兴奋了好几天。

我更是自豪于佛坪熊猫的数量、密度、可遇见率。秦岭地区生活着野生大熊猫345只，佛坪有130多只，占到种群总数的三成左右。老的、小的，男的、女的，居住紧凑，它们的身影便容易被我们的眼球逮住。它们是自由的，康健的，不受"牢狱"之苦。

魏辅文院士观察野生大熊猫进食（白忠德 提供）

英国BBC广播公司、美国国家地理、西班牙国家电视台、日本NHK电视台和中国中央电视台、旅游卫视等众多媒体记者，包括四川电视台也舍近求远，来秦岭佛坪拍摄野生熊猫。中科院动物所魏辅文院士曾深有感触地说："在四川待了二十多年，只在野外见到几次大熊猫，自打1998年来到秦岭，年年看到它们。佛坪为我的院士之路打下了坚实基础。"

大熊猫是国宝，棕色大熊猫更是国宝中的美人。1985年，世界首只棕色熊猫"丹丹"走进人们的视野，惹得海内外"猫迷"们把目光盯向秦岭，秦岭大熊猫一下子火起来了。它是在陕西佛坪县发现的，便让佛坪狠狠地沾了光扬了名。从那时到现在，人们在秦岭见到棕色个体8次，其中6次在佛坪，2次在洋县

科普专家们参观标本馆（杨都 摄）

境内。秦岭到底有多少只棕白色熊猫，谁也不知道。毛发为何如此，迄今尚没有各方都能接受的结论。

熊猫生活的地方建起了两个国家级自然保护区，即佛坪保护区和观音山保护区，把县境西北、东北部很大一片勾划出来，供大熊猫舒适、自由、平安地生活。佛坪保护区管理局依山而筑，石砌环形护坡蜿蜒而上，楼房拔地而起，绿树成荫，竹篁滴翠，俨然一座城堡，人称"秦岭深处的布达拉宫"。

保护区在"布达拉宫"建起西北地区规模最大、档次最高的动植物标本馆——秦岭人与自然宣教中心。步入其间，尽情领略大自然赐予秦岭生灵的博大、壮美与神韵。就像走进秦岭深处，蓝天如洗，森林繁茂，溪流清澈，野花小草缀着露珠，一片勃勃生机。动物标本栩栩如生，图片风景犹真似幻：憨态可掬的熊猫坐于竹海取食，悠闲自适；毛色艳丽的金丝猴，攀援腾挪；凶悍强健的金雕，傲视蓝天；金鸡独立，血雉觅食，长嘴鹬回首凝视，赤腹鹰展翅欲飞，白冠长尾雉蓦然止步……

秦岭熊猫性情温顺，不主动攻击人，也不怕人。有时闯入三官庙农家，赶走正在孵蛋的母鸡，把一窝蛋吃个精光，心满意足地开一次

辈。它通人性，知道人对它好，一旦有个三病两痛，就向毗邻而居的人家求医问药，消灾祛病。

　　熊猫是世界上很温情的动物，人人都想一睹风采。然而，野外看熊猫却很费时费力，要选合适的季节，还要碰运气。有时翻山越岭，风餐露宿，奔波十天半月也难觅芳踪。辛苦劳累不说，还打搅了它们的平静生活。如今，人们可随时到佛坪大坪峪目睹其风姿，这里建成了陕西唯一的秦岭大熊猫野化培训基地。熊猫们在这里悠闲游荡，上树休憩，抱竹觅食，荡起秋千，池中沐浴，追逐嬉戏。你瞧，这小日子过得多滋润。

　　佛坪人与熊猫间发生着许许多多有趣而感人的故事。在可预见的未来，在秦岭这片关爱动物的热土上，他们还将相伴相生，上演出一幕幕更加精彩动人的故事。

佛坪：大熊猫的故乡

　　佛坪地处秦岭南麓腹地，境内山峦重叠，植被茂密，水流、气候条件温润适宜，野生动植物资源极其丰富。虽只是一个小县城，但其"熊猫故乡"名气却远播海外，吸引着众多海内外"猫迷"来一睹秦岭大熊猫的芳容……

大智若愚

▼

大智若愚

/

  人有容貌美和心灵美，后者最重要，也最持久，熊猫亦然。憨态可掬是形容其长相的高频词汇，大智若愚则是其内在个性的精确描述。

  大熊猫长相呆萌，大大的头颅，鼓鼓的额头，圆圆的脸颊，短而粗的四肢，胖嘟嘟的身子，黑白分明的肤色，像戴着墨镜的黑眼圈，脸上似乎总挂着微笑，像绅士一样踱步，又似柔道演员般灵巧，进餐时躺着、卧着、站着，高兴时蜷成一团，随意打滚翻筋斗……

坪坪像小孩一样玩奶盆（吴燕峰 摄）

人常说，事物不是因为美丽而可爱，而是因为可爱而美丽。那么，哪些行为与特征能称之为"可爱"？研究视觉信号的专家进行了总结，认为包括大圆脸、明亮的大眼睛、一对大圆耳、柔软的四肢、扭来扭去的女性走路姿势。这不都契合了大熊猫嘛，仿佛是针对它们量身定制的。

大熊猫凝视（赵建强 摄）

世界上有比熊猫更濒危稀少的物种，也有种种性情"可爱"和科研价值高的物种，却独有熊猫最受宠爱？我认为熊猫的性格特征，正是我们所欣赏和喜爱的。

就说华南虎吧，是我国特有的虎种，野外极有可能已灭绝，人工饲养的不足百头，可比大熊猫珍稀多了。雄武霸气，王者风范，但它凶猛暴烈，你敢亲近它吗？即使在动物园，你也只能隔着铁栅栏远观，生怕不小心被它锋利的牙齿咬了。且不说动物园里的熊猫，就是野生熊猫很多时候也像咱家养的猫呀狗的去亲近抚摸，给喂食瘙痒。性情温顺，是我们喜欢大熊猫的一个加分点。

它曾是大熊猫——剑齿虎动物群中一个举足轻重的成员。第四纪冰期，气候发生剧变，威武雄壮的剑齿虎、剑齿象、中国犀等上百种成员走到了历史的尽头，大熊猫一下子活成了劫后遗老。

所有的生物种类都在优胜劣汰中进化，奔跑得更快，更加凶猛机智。熊猫拒绝改变，它仍是慢吞吞的，相信总有可口的美味在等着。然而，可供捕食的物种在一点点绝灭。有一天它不得不面对这样一个残酷的现实：它可以得到的食物太少了。以它的本性，完全有理由成为像老鹰那样专等着吃腐败的尸体，但它却没有老鹰那样敏锐的目光和矫健的飞翔能力。按着生物进化的法则，下一个绝迹的便该是它了，这才公平合理。懒惰者自有懒惰者的福气和法则，与那些"士可杀不可辱"的动物不同，它背叛了祖辈的食肉准则，选择了吃竹子，成为肉食类动物中唯一吃素的和尚。

可历史的胎记变不了，好比乌鸡是乌到骨子里的，它还在食肉目待着，保留着食肉类消化道结构，胃容量小，无盲肠，肠道又短，约为体长的6倍左右，而食草动物的消化道通常为体长的15倍，甚至达到25倍。竹子能量很低，纤维素、半纤维素和木质素占到70%~80%,

蛋白质、脂肪和可溶性糖仅为20%~30%。食肉的肌体，却来享用低能量的竹子，实在难为它了。可没法子呀，活着就是最大的理由。它们就从形态功能、觅食策略、消化策略、空间利用、活动规律、栖息地利用、生理代谢、遗传等方面发生了遗传适应，过程很艰难，却成就了自己。这在"熊猫院士"魏辅文的《野生大熊猫科学探秘》中，有着令人信服的分析。

顽固的背后是随势而为，它们不是和尚，并不遵守吃斋不吃荤的清规戒律。为满足口腹之欲，也为强筋壮骨，不定期地吃点肉，合理营养膳食。最大的倒霉蛋是竹溜，这家伙与熊猫争食，却处于绝对劣势。"侵我领地者，杀无赦！"熊猫撞见竹溜，非但不友善，反而"烹而食之"，美美地消受一顿。有时熊猫还会吃木炭和舐咬铁器或粘有油腻盐渍的器皿，有的地方志便称之"食铁兽"。

雪地里吃竹子的大熊猫（向定乾　摄）

大多数动物为了生存，常常选择与身边环境相似的颜色，大熊猫也在这么做。"衣着"清淡素雅，黑白相间，夏天林深竹密，易于掩护；冬天与雪地岩石相混，天敌很难发觉。毛发又粗又厚实，充满髓质，毛面含油脂，像自带了保温瓶和雨衣。和人们冬天穿深色衣

大熊猫 PANDA
我的秦岭邻居

服、带深色耳套、手套、护膝一样,熊猫这身厚实的"皮袄"挡住了寒气湿气,使它不染风湿无需冬眠,还在雪天嚼着竹叶美滋滋睡大觉,把近亲黑熊羡慕坏了。那庄严的打扮,惊人的力气,锋利的牙齿,也是对天敌的警告与威慑。

素食主义的熊猫,却不过食草动物的群居生活,像虎、豹一样独来独往,淡泊寡欲,孤芳自赏,若不到发情期,绝不与同类为伍。平时不显山露水,一副蹒跚笨拙的模样,真正跑起来快得很,习得爬树本领,练得游泳高招。素常温文尔雅,与世无争,乖得像只猫咪,野外见人不跑,肚子饿了进农家吃喝,生病了向村民求医问药。若遇天敌侵犯或为领地、爱情相争也能放手一搏,既恃强斗狠又伏高伏低,勇敢起来,那也是不要命的角色——动物园熊猫咬伤游人、扑杀孔雀,野生熊猫闯入峨边县咬死家羊,残留在身上的嗜杀本能让人惊惧;可胆小起来,也有些好笑——这不,一只在路上闲逛的熊猫,巧遇三官庙农户家黄狗,被个头小过自己几倍的家狗"汪汪"几声吓得赶紧躲起来。其实大熊猫并不怕狗,潘文石他们养过一只叫"毛毛"的大个土狗,一次上山,"毛毛"发现了熊猫,猛地冲上去,仅仅一

熊猫与狗相遇(何夷栋 摄)

两个回合，就被对方重重地扇了一巴掌，打得晕头转向，吃了张狂的亏，长了记性。打那以后，远远地听到熊猫叫声，"毛毛"就吓得夹紧尾巴，"哧溜"躲到人背后。也许，三官庙这只熊猫学灵醒了，知道黄狗背后有两条腿的主人壮胆哩。

生物学知识告诉我们，食物链是从植物到食草动物，再到食肉动物，这是向上适应。我们是走到了食物链最顶端，几乎是啥都享用。而与人类发生竞争的大型哺乳动物剑齿虎、大猩猩、秦岭华南虎最后都败下阵来，走向了灭绝。大熊猫却走了一条完全相反的路。我们要佩服它们，懂得自己的斤两，晓得如何自保，知道竹林多得很，根本不愁吃喝，能与它争食的只有竹溜，体弱不说，胃口也很小。只要不与人类争食物抢地盘，就没啥大忧愁了，至于两条腿的家伙咋样对待自己，它们是没有一点办法的，唯一的选择便是退让隐忍。它们有大智慧，深谙明哲保身、大智若愚的处世真谛，亦为达尔文的进化论注入新的时代内涵。

"族"丁不旺

▼

"族"丁不旺

/

这是一个奇怪的悖论：人类愈加进步文明，熊猫却越发珍贵稀有？

熊猫喜爱和平，一般不会主动进攻，却有豹子、金猫、狐狸、狼、豺等故意为敌的家伙。熊猫幼仔和老弱病残者，曾受它们袭击而丧命。但这已是多年前的事了，秦岭再也不是它们的天下。熊猫们安心快活地生活着，只是偶尔会掠过一丝阴影，担忧黄喉貂、金雕伤害宝宝。

金雕 (赵建强 摄)

大熊猫的天敌是不多了,可祖辈以来困扰它们的疾病却没有减少。消化道炎症、肝肿瘤、内寄生虫(如蛔虫、线虫)、癫痫、犬瘟热,是秦岭熊猫的健康杀手。

蛔虫病的感染率很高,数百条甚至上千条蛔虫在体内作怪,导致体弱,发育不良,发情低落或不孕,重则引起肠梗阻或穿孔以及胰腺病变致死。这种病极易重复感染、交叉感染,对圈养熊猫来说,吃点驱虫药就行了。可野生熊猫不是咱家养的猫呀狗的,怎么给服药?西河地区一只患病熊猫,体内有蛔虫600多条,团结在胃里,堵塞十二指肠和喉部,钻入肺支气管。熊猫沙沙性格暴烈,嘴巴上的伤疤是与豹子殴斗的招牌,却被一千多条蛔虫堵塞肠道送了命。

龋齿病是影响大熊猫生存的严重疾病。熊猫终生食竹,经常要咬断坚硬的竹竿,对牙齿的磨损和破坏非常大,被磨平的齿锋受细菌感染成了龋齿;同时,竹签会扎伤熊猫口腔,引起发炎化脓,造成进食困难、身体衰竭。

传染病是一种对大熊猫种群健康和生命安全带来极大威胁的疾

病,甚至是毁灭性打击。比如犬瘟热病毒,属于麻疹病毒的一种,最早从犬身上分离出来,犬科、猫科、熊科都可能被感染。传染性极强,死亡率超过80%,治愈率不过20%左右,若是有了神经症状能保住命的不足5%。陕西楼观台圈养大熊猫就曾遭到大规模袭击,城城、大宝、欣欣、凤凤、龙龙因此丧命。这里号称全球第三大人工种群,曾拥有大熊猫25只,一下子死了5只,可谓损失惨重。

大熊猫自身存在生育缺陷,也把自己向濒危之路上推了一把。比如生殖器官构造特殊,成功交配不易,生殖器偏小,难以受孕;雌性发情期短,对配偶特挑剔,往往高不成低不就,错过最佳怀孕时机。熊猫5~6岁性成熟,如能受孕,则于当年秋季生下1~2只幼仔,许多时候只能成活1仔。雌熊猫的生育力大约延续10年,就是说一只身体健康、发育正常的母熊猫,一生充其量生5胎5~10只幼仔。幼仔娇小柔弱,只有70~180克,最小的仅40多克,仅为母体重量的万分之一到千分之几,其发育程度相当于我们6个月大的

大熊猫母子 (向定乾 摄)

婴儿。潘文石教授计算过,大熊猫的受精卵在母亲子宫里真正生长发育只有约45天。他认为,这是大熊猫进化过程中被大自然筛选出来的一种特别的繁殖策略,即依靠缩短怀孕时间和生下"早产儿",来保障母亲的健康和胎儿的生命。

幼仔发育未成熟,抗病能力差,面临寒冷恶劣的气候、寄生虫传染以及被猛兽捕食的危险。加之与母体相差过于悬殊,难免发生母亲

不慎压死或叼着转移时咬死的悲剧。熊猫爸爸极不称职,是只生娃不养娃。这一切都增加了幼仔长大成年的难度。

智者千虑,必有一失。这话用在熊猫身上,最为恰当。慷慨的大自然有那么多好吃的,为啥单挑竹子做主食,将自己推向危险境地。竹林是它们赖以生存的食物来源和栖息环境,竹林的数量和质量是其分布的决定因素。人类活动范围的扩大,使其活动范围大大缩小,被迫退缩至川陕甘六大山系的狭小地带。20世纪80年代初,佛坪竹子大面积开花枯死,动物保护人员在竹子开花地带投放嫩竹、甘蔗、苹果,供过往熊猫食用。竹子是草本植物,糖分含量高,易于引起龋齿病。人们伐竹留下的尖利竹茬,熊猫踩过不慎会被戳伤脚板。啃咬竹竿时,断裂的竹签会扎进口腔,轻者流血发炎,重则无法取食活活饿死。熊猫选择竹子避免了灭绝,然而食竹也危及食源,威胁到健康。

"擂台赛":败下阵来(刘小斌 摄)

它们和人类亲近,内部却不团结,时常闹别扭,为爱情、领地吵嘴打架的。它们是些拼命三郎,出手狠辣,不留情面。交锋的结果却不甚妙,双方往往都讨不到便宜,你咬掉了它的耳朵,它抓瞎了你的眼睛。这还算轻的，严重者若得不到人类救助，就只能见阎王了。我国放归的第一只野化熊猫祥祥，就是在与野生同类争夺领地时摔伤致死的。洋县华阳一只受伤熊猫，左眼患白内障失明，鼻梁外皮有轻微擦伤，右前掌背、左前腿和胸部有皮外伤，背脊柱、臀部、双下肢没有知觉，两下肢不能动弹。科研人员判断，这只熊猫可能是为争"女友"打架造成的下半身瘫痪。

大熊猫（曹庆 摄）

天敌、疾病、遗传、食源、内斗等影响着大熊猫的种群数量，但绝非最主要的因素。它们的最大生存威胁来自人类。当前大熊猫及其栖息地仍然面临着滑坡、火灾、砍伐、放牧、采药、偷猎、割竹、打笋、旅游、道路、房屋、开矿、耕种、捕捉、抢救后圈养等干扰行为，这些人类活动引起栖息地破碎化，最终导致大熊猫"族"丁不旺，香火难继。20世纪50年代初，四川宝兴县供销社每年收购大熊猫皮300张左右；1963年至1993年，从宝兴县捕捉的大熊猫达113只以上。长青保护区一次清理出100多颗土炸弹，佛坪保护区周边地区10年间有3只大熊猫被猎杀。如今，驴友从太白山穿越老县城成了时髦，搅乱了大熊猫的平静与安全。而秦岭里引种的日本落叶松，正在蚕食着大熊猫的栖息地。

人为造成的干扰，使得大熊猫的生存和快乐指数下跌。人为介入幼仔繁育，迫使熊猫妈妈远离幼仔，或频繁迁移，加大幼仔夭折风险。大熊猫专家吕植《我们为什么要保护熊猫》中写道："母熊猫在取食竹子时，把幼仔留在树上或一个安全的地方，从几小时到几十小时不等。这是一个常见的行为，因此看到熊猫幼仔独居一处并不意味着幼仔被遗弃，这时最好的做法是不要干扰幼仔。"佛坪保护区巡护人员曾在洞穴里发现一只当年出生的幼仔，待在附近进行保护性监测，等了三天，熊猫妈妈才返回。佛坪保护区马亦生、曹庆等在《秦岭大熊猫保护抢救案例分析》一文中说："野外发现单独活动的仔兽，往往不是雌性熊猫的弃仔行为。判断是否真正发生弃仔，应做到不要触摸仔兽、远离仔兽，间隔适当时间后再去观察。人为介入熊猫繁殖过程，会造成繁殖过程中断，造成繁殖失败。"我听说，秦岭地区正在发生着这样的悲剧。

  我更想说的是，把野外发现救助的老弱病残送进动物园、饲养场，让其颐养天年无可厚非，因为它们对种族的繁衍已毫无意义，只剩下一点观赏价值，何况扶弱济困还是人类的传统美德。关键是不能把那些稍加帮助就能独立生活的成年熊猫以及幼仔、亚成体以"抢救"的名义统统抓进笼子，这是严重破坏野生种群的犯罪行为。

  我国科学家成功解决了圈养熊猫发情交配难、受孕难、生仔育幼难的难题。目前全球有圈养熊猫548只，扩大了熊猫种群，这是谁也不能漠视的事实。熊猫是个大明星，熊猫政治还得玩，把二三代圈养子民送出国，不会对野生种群构成威胁。人们在动物园、饲养场领略其风采，还能缓解对野生种群的干扰和压力。

  把圈养熊猫放归野外，是壮大野生大熊猫种群的有效手段，但全世界对于熊类动物的野化和放归，并无成功的案例。一旦习惯于衣来伸手、饭来张口的悠闲舒适生活，就很难适应野外的风雨寒暑，野化之路注定漫长而坎坷。当下我们要做的就是让圈养熊猫的生活过得更舒适一些，自由更多一些，更有尊严一些。

圈养熊猫的是非对错，是个复杂话题，公说公有理，婆说婆有理。有一点却是肯定的，那就是把一个物种圈养起来，绝非保护其种群的正道。要是没有高质量的栖息地，即使饲养再多的熊猫，拥有再成熟的野化技术，可到时把宝贝们"放归"何处？我们要重视圈养熊猫，却不能忽视淡化野生种群的保护，绝不能做这种捡了芝麻丢了西瓜的事。毕竟，野外环境才是它们真正的家。

《最后的熊猫》封面 （白忠德 提供）

黄万波、魏光彪在《大熊猫的起源》中说，野生熊猫的遗传多样性在濒危食肉动物中居于中上等水平，是一个保持较高遗传多样性的健康种群，具有复壮乃至长期续存的演化潜力，具有比人们预想的还要好的生存能力。但是，要使一个物种从濒危名单里"脱险"，必须保证其种群的整体性、稳定性和物种内在的遗传多样性，三者缺一不可。

中外科学家在《卧龙的大熊猫》中写道："大熊猫的生存，现在并不取决于自然力，而是取决于我们的仁慈和善意。""熊猫没有历史，只有过去。它来自另一个时代，与我们短暂的交会。"这是《最后的熊猫》作者乔治·夏勒说的。

吃素的"和尚"
▼

吃素的"和尚"

/

  大熊猫也拥有过辉煌和强盛,想当年,它们的足迹踏遍大江南北,成员众多,称霸一方。世事是多么难料,如今家道衰落,数量锐减,被迫退缩至深山,沦为劫后遗老和被同情的弱者;肉也吃不成,改吃营养极差的竹子。这个落差太大了,它们不愿承认,可由不得它们呀。

  它们成为肉食类动物中唯一吃素的"和尚"。熊猫为啥吃竹子?有人说,熊猫打不过食肉动物,也惹不起食草动物,只好改吃谁也不吃的竹子。这个观点恐怕经不起推敲。熊猫斗不过大型食肉动物，但它们本性凶猛，个头又大，一般的食草动物像梅花鹿、麂子、香獐、黄羊肯定不是它的对手。这些动物都能存活下来，熊猫要以广谱草本植物为生，想来生活也不会差的。偏偏只嗜好草本中的竹子，个中缘由只有它自己最清楚。我们知道的是它们选择了竹子，仅此而已。

由"肉食主义者"转变为"素食主义者"，这个转身非常大，给熊猫带来的影响亦是多方面的。

上天让大熊猫改变食性，总得给它点回报吧。那便是让它的前掌生出个伪拇指，锁骨灵活，咀嚼能力强大，能够快吃快拉。

大熊猫为了吃竹子而进化出一个特殊部位，那便是著名的"熊猫拇指"。前脚掌相对较低的位置冒出个比其他五个指头小的第六指，这种高度特化的籽骨，有单独的肉垫，能像我们的手指那样灵活抓握竹子。大熊猫锁骨灵活程度仅次于灵长类，充分发挥着四肢力量，完成一些老虎和狮子都无法做到的事。一只叫"华研"的年轻雌性凭借强有力的臂力掰断过笼子的钢筋。中国科学院动物研究所魏辅文院士团队专门进行了研究，其成果"为了吃，大小熊猫都进化出了六指"获得了菠萝科学奖生物医学奖。

它们的牙齿没有食肉猛兽那样尖利，只是朝着切竹子的方面发展。吃竹子主要靠大牙臼齿咬断。不同于熊类，臼齿磨面异常宽大，齿根也增强加长，保留着祖先食肉的咀

小熊猫标本（王肖 摄）

嚼能力，咬合力仅次于北极熊和棕熊，可见古人管其叫"食铁兽"是有来头的。

大熊猫消化道短，食物滞留消化道的时间也短（竹笋约5小时，竹茎约10小时，竹叶约14小时），还没来得及吸收便已排出体外。它们采取的策略是快着吃快着拉，狠着劲吃，站着吃，躺着吃，走着吃，吃饱便睡，醒来再吃。熊猫专家雍严格说，成年熊猫每天花12~14小时进食，能吃43公斤去壳的竹笋，人工喂养的日进食量可达76公斤，是个货真价实的"吃货""大胃王"。它们通常边取食边排出，每10~15分钟一次，1~3团，纺锤状，两头尖、中间粗，闻起来香香的。在其休息的地方，十几团、甚至三四十团，散乱地堆积着。食竹叶每天排便120多团，食笋可达180团左右，平均日排便100团，每团重约200克，平均每天20千克以上。大熊猫是一辈子忙了个嘴巴，吃饭占用时间太多，没空冬眠搞社交，除过繁殖期、养育子女，素常不与异性交往。

本文作者观察熊猫粪便（熊柏泉 摄）

竹林茂密，不易穿行，老虎、豹子在里面行动不便，不易捕食。也许，从始熊猫那个年代起，它们就知道隐居竹林会获得更多的安全与闲适。第一次尝到竹子的味道，触发了前臼齿的变化，逐渐形成便于抓握竹子的前爪籽骨以及易于吃到竹子而缩短扩展的吻部。

熊猫家族躯体逐渐增大，愈加富态，体型比祖先始熊猫大了三倍，只是嘴和腿短了些。身体的增长，也与食性密切相关。竹子营养比肉类营养低得多，身躯增大可减少热量散发和能量消耗，应对高山的寒冷潮湿。它们只能特别珍惜精力，动作尽量轻柔，能躺着就不站起来。我是多次听人说，大熊猫懒得很，有时我就回应：懒是我们人类眼里的缺点，对于大熊猫来说，恰恰是它最大的优点和智慧，野生大熊猫吃着粗茶淡饭，它们要节省体力呀。更多时候，我把这样的话当作刮过耳边的风，懒得理识。要知道圈养大熊猫确实无需为食物而奔忙，野生大熊猫却用大部分时间来找口粮。

竹子是大熊猫的命根子，一时半刻离不得。在四川、甘肃、陕西，有60多种竹子一丛丛，一簇簇，一片片，常年茂盛在凉山、大小相岭、邛莱山、岷山、秦岭，供应着吃不完、用不尽的爽口食粮。竹子分布那么广，产量那么高，食源竞争对手那么少，大熊猫的选择真是太聪明了！

这也支持了潘文石教授的结论：竹子开花、枯死，不会饿死大熊猫。他认为，即使一种竹子开花了，熊猫也很容易找到替代食源，除非几种竹子同时大面积枯死。即使栖息地竹种单一，大面积枯死后，它们仍能取食到大量残存的竹子。秦岭熊猫每年对竹林的实际消耗量不超过某一种竹林当年生长量的2%。何况熊猫已存在800万年，就算竹子60年开花一次，至少也经历了13万次"饥荒"，然而它们并没有走向绝灭。

秦岭熊猫最喜欢吃巴山木竹、秦岭箭竹，为了吃到最可口的食物，它们戒掉一些懒散，开始走动，逐竹林而居。非洲大草原上动物们迁徙，危机重重，天敌、伤病、意外时刻窥视着它们。相比斑马、角马横穿马里马拉河，秦岭大熊猫幸运极了，几乎没有天敌，生病、意外啥的还有人管。它们慢悠悠地绅士般踱步，边走边哐，累了歇气，渴了喝山泉，困了倒头大睡。大熊猫专家雍严格说，它们的食谱随季节的变化而变化，每年4月至6月中旬，在低山取食巴山木竹笋，这是一年之中食物最丰富、营养价值最高的时期；6月下旬，随着气温升高，竹笋逐渐木质化，由中低山移动到海拔2200米以上的松花竹林，取食鲜嫩的竹笋；8月份，松花竹笋逐渐老化，就取食头一年竹笋发出的同样可口的嫩叶；到了9月底10月初，高山开始落雪，气温变冷，松花竹叶卷曲变为灰色，它们不约而同地下移到海拔1900米以下的巴山木竹林，取食当年新竹长出的嫩叶；到翌年1~3月，气候严寒，竹叶受冻变硬，转为取食青幼竹茎。这种垂直迁移有利于获取营养丰厚的食粮，还能利用海拔高低温差度过酷热严寒。

大熊猫采食竹竿（魏辅文　摄）

　　大熊猫的餐桌上99%以上摆放着竹子，但它们也并非完全意义上的和尚，不必遵从吃斋不吃荤的清规戒律，偶尔吃点野当归、木泽、川芎，尝些山区农作物（玉米、南瓜、四季豆）、野生植物果实（猕猴桃、山枇杷、野樱桃），舔食含硝盐的土、衣服上的汗渍，偷吃农家猪饲料和人粪便。至于其他动物尸体，更是它的营养大餐。潘文石教授多次在华阳观察到娇娇和希望取食人类丢弃的肉骨头和野猪皮。梁虎成在大古坪看到一只大熊猫在咬食、拖拉一只苏门羚，把肉吃完了，只剩下皮毛连着头和蹄子。梁启慧在牌坊沟发现一只大熊猫捡起

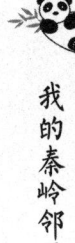

健康的身体离不开矿物质(赵纳勋 摄)

个尺多长、老死羚牛的腿骨,坐在地上有滋有味地啃着。

　　熊猫与竹鼠都以竹子为食,撞见竹鼠,便是美味送上了门。别看它们模样憨笨,鼻子特灵敏,嗅闻到藏身洞穴,嘴对着用力吹气,用前爪使劲拍打洞穴,将竹鼠震出来。抓住猎物后,并不着急进餐,先在地上逗玩一阵,左掌摸摸,右掌拍拍,吓得竹鼠昏死过去。待它苏醒过来,感觉自己还活着,便打起逃跑的主意,一点一点地悄悄挪动,以为自己做得隐秘,瞒过了敌人,哪知熊猫是逗它玩呢。这时熊猫飞快地伸出手掌,将它抓回来,开始新一轮"游戏"。

　　自然选择的力量,无比巨大。对于熊猫来说,生存是第一要务,好比于国人而言稳定是压倒一切的大事。从"大众"到"和尚",从肉食到素食,从杂食到"竹之缘",熊猫的抉择无疑是痛苦而艰难的。然而,这一痛苦而艰难的抉择,却使它们拥有800多万年的历史,或许还会有更加悦意的明天。

熊猫斗豺

▼

大熊猫 PANDA
我的秦岭邻居

熊猫斗豺

/

我是经常看央视《人与自然》类节目的，在非洲大草原上，活跃着一种丑陋猥琐的动物，像狗似狼，尖耳黑嘴，毛色灰黄。它是豺，被老家人唤作"豺狗"或"豺狼"。它们凶残血腥，奸猾阴毒，专干掏肠子勾当。知道自己块头小，但数量多，往往成群结伙出动，搞大兵团作战，也玩游击术，捣腾得非洲水牛、角马、斑马们吃不好睡不香，对它们是又恨又怕。

这帮家伙也在秦岭游荡，犯下多起命案，甚至要了老虎、黑熊、野猪的命，还让它们死得窝囊难堪。三官庙的何老汉，打了半辈子猎，亲眼见到一群豺狗伏击杀死了一只老虎。连老虎都敢招惹，哪还惧怕看似笨笨憨憨的大熊猫。但它们有时就敲错了算盘，占不上半点便宜，还把小命丢了。

豺狗攻击幼体和年长病弱的熊猫，几乎不费气力，很少失手。雍严格曾目睹一只老年熊猫遭豺狗惨杀的场景：这只熊猫年纪大了，浑身毛发灰暗，牙齿钝化得厉害，咬不动竹竿，只能嚼食一些嫩竹叶。这天中午，它坐在竹林里打盹，享受午餐后的悠闲，却被一群路过的豺狗盯上，陷入重重包围。熊猫慌忙挥动前肢，"啪——啪——"两掌，击倒两只冲在最前面的豺狗。豺群顿时乱了阵脚，四散开来。熊猫趁机冲了出去，奔向竹林深处。豺群很快稳住队形，发起新的冲锋。一只豺狗跃到面前，挡住去路。熊猫想掉头，还没来得及转身，豺狗已伸出利爪抓向它的眼睛。熊猫伸出前肢一掌将其击出两米开外。另一豺猛扑上来，也被击退。就有两豺飞快地跑，抄到熊猫前面，挡住去路，又有三只豺狗匍匐着，从后面慢慢接近。熊猫蹲下来，护住屁股，准备战斗。后面一豺猛地跃上背，右爪紧抓住熊猫肩胛骨，左爪急速伸出，挖出左眼。熊猫高声惨叫，滚倒在地，翻转着，四肢乱蹬。前面一豺乘机掏出其右眼。熊猫爬起来逃跑，怎奈双目失明，左冲右撞，逃不出包围圈。豺狗们一哄而上，将其肛门抓破，拖出大肠，分而食之。

熊猫与豺不共戴天，世代有仇。成年熊猫，自有对敌作战策略和绝招，仿如游击战，打得赢就打，打不赢便跑，跑不掉就爬树。熊猫不喜欢冤冤相报，不轻易出手。平时遇上了，会迅速爬上树，等敌人走了，才慢吞吞下来；来不及躲避，也敢于交战，大声吼叫喷鼻发出

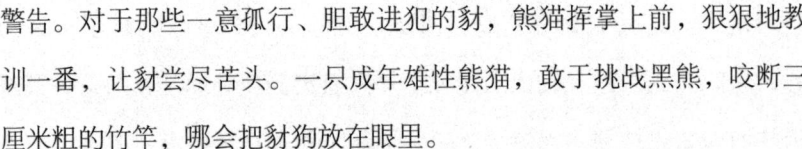

警告。对于那些一意孤行、胆敢进犯的豺，熊猫挥掌上前，狠狠地教训一番，让豺尝尽苦头。一只成年雄性熊猫，敢于挑战黑熊，咬断三厘米粗的竹竿，哪会把豺狗放在眼里。

　　这群豺狗约莫十五只，猖狂地在林间称霸，它们盯住了一只成年熊猫，不远不近地尾随，寻找机会发起进攻。熊猫视力不好，听觉很是灵敏，嗅觉也不差。它已经听到了这群乌合之众的躁动，嗅到了空气中弥漫的杀机。但它依然慢吞吞地踱着步子，不时停下来，捎带吃几口鲜嫩的竹笋，它要保持镇静，维持必需的体力，不得出现任何一点点慌乱，否则将会厄运临头。

　　走到一处平坦的开阔地带，竹林又矮又稀，还有一棵粗壮高大的桦树。"就在这里决战，让豺狗们去见阎王吧——"熊猫一边诅咒，一边环顾四周，思量战法。一切都想好了，这才"蹭蹭蹭"地爬上树，坐在距地面十米高的一个枝杈上，微微闭上眼睛，用耳朵捕捉动静。豺狗们三三两两地逼近，聚拢在大树周围。它们累了，失却了耐心，盼着尽快结束战争，美美地享受那热腾腾的新鲜肠子。它们不会爬树，只能围着树转圈，发出一声声怪叫，不断地挑衅着。

　　养足了神，熊猫快速溜下来，引到开阔处，自己仰面躺下，四脚朝天。豺是些"拼命三郎"，一看这架势，以为把对方吓昏了，猛扑上来。一豺莽莽撞撞冲在最前边，熊猫一把揪住，将它按在身下用背揉搓，那豺痛得乱叫乱嚎，鲜血直流，一命归天。另一豺撞上来，熊猫抡起左掌，狠劲拍在头上，这一掌力量极大，豺是晕头转向，口鼻涌出血来。再有一豺抢上来，又被熊猫抓住，连撕带咬，将其抛出去，砸在一块尖利的石头上，再也没有动弹……豺群伤亡极重，损失七个，重伤五个，轻伤三个，遂败退而去。看来，豺狗们是在一个错误的地点打了一场错误的战争。

豺狗与熊猫为敌，已是过去多年的事了。秦岭再也不是豺狗的天下了，它们几乎绝了迹，能见到它们的影子，也许连熊猫都会高兴的。

国宝大熊猫的天敌

秦岭中野生动物种群多，生态链较为完整。但秦岭大熊猫却很少有天敌的威胁。尤其是成年大熊猫，连威猛的老虎都要绕道避行，其他动物更不在话下。但对于老弱幼残熊猫来说，复杂的野外环境中处处都隐藏着危险，金雕、黄喉貂、豺狗等都虎视眈眈……

教子有方

教子有方

/

母爱是世间最伟大的情感。熊猫妈妈对子女的爱穿越时空，留下最动人、最铭心的温暖。

绝大多数动物选择一年中食物最充足、天气最适合幼仔生长的时候产仔。北半球，春天是产仔的时候，不是怀孕的时候。熊猫的发情交配恰恰相反，春季怀孕，秋季产仔。幼仔发育未成熟，抗病能力差；面临寒冷恶劣的气候、寄生虫传染以及被猛兽捕食的危险；与母体身体过于悬殊，有可能被母亲不慎压死或叼着转移时咬死；熊猫爸爸极不称职，只生娃不养娃。这些都使得熊猫妈妈养育后代的担子更重了。

熊猫居无定所，哪里黑了哪里歇，常年过着流浪汉生活。只在发情期才和雄性熊猫幽会，结下爱情的果子。雄性却只管享乐，不承担作为父亲的一点儿职责，刚交配完便去云游四方。雌性只好独自承受分娩时的喜悦与痛楚，用圣洁的母爱含辛茹苦地抚养孩子，孤儿寡母相依为命。到了临产期，母熊猫结束流浪，选择一个安全隐蔽的树洞或岩洞，衔来树叶、干草、苔藓铺在里面。临产时，它几乎不吃不喝，甚至干脆弃食，静心等待婴儿出世。

除有袋类动物外，母体大的，生的婴儿也大，熊猫却是个例外。刚出生的婴儿是个胚胎，全身粉红色，生着稀稀拉拉的白色胎毛，连眼睛也难找见，就是个"发育不全的早产儿"。

这么弱小的生命，又生在寒冷多雨的秋季，急需母爱的精心抚慰，不能压着冻着饿着，叼在嘴里不敢咬着。熊猫妈妈绝对是模范母

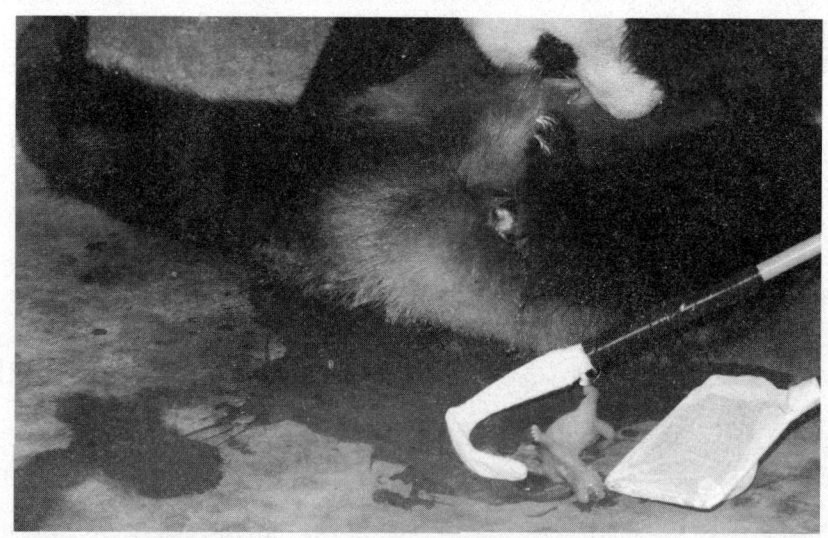

刚出生的楼生（赵鹏鹏 摄）

亲，宝宝出生一周内，寸步不离洞穴，不吃不喝，用前肢搂着，不停地用舌头舔抚。妈妈用前肢搂抱，使其爬到胸前吮奶，吃完一边后，妈妈用前肢托住，以嘴相助，将其换到第二个乳头。吃饱后，妈妈用前掌和嘴并用，将宝宝抱起，轻轻地舔宝宝的肛门刺激排便，还把排出的粪便吃掉。20多天后，宝宝的毛已长齐，妈妈用嘴衔到洞外晒太阳，自己在附近觅食，时时留意着宝宝的动静。40多天后，宝宝的眼睛完全睁开。2个月后，才能摇摇摆摆地走路。3个月时，跟着妈妈在竹林散步，有时走远了，妈妈就发出"咩咩"声召唤。别看新生宝宝个头小，叫声

熊猫妈妈怀抱幼仔（向定乾　摄）

却大，像婴儿啼哭，又似初生小狗吠叫。个子逐渐长大，叫声越来越小，两个月后便像羊一样叫唤了。

突然遇到危险，熊猫宝宝就会发出响亮的叫声。熊猫妈妈闻声赶来，把敌人赶走或是叼着宝宝转移，万一脱不了险，就豁出命来抵抗。雍严格说，幼仔发出叫声，妈妈多在两三分钟内赶到，接近洞口时先停下来观察，看到其他动物在洞口，猛冲上来，瞪着双眼威胁对方。发现人在附近时，它会很快赶到洞口叼起宝宝逃离，然后将宝宝藏起来。有时在洞外突然见到人，会向洞穴的反方向跑去，走一段停下来看看，人走近时再走，绕个大圈子回到宝宝身边——它是在转移方向将人引走，玩的是"金蝉脱壳"。

佛坪保护区党高弟与同事在大雪天巡山,走到三官庙溜石皮沟,发现石洞里住着一对熊猫母子。幼仔躺在妈妈怀里,不安分地抬起头,睁大小眼珠打量他们。妈妈一次次按下宝宝的头,它却挡不住好奇,想翻过妈妈的背。妈妈就把它抓到自己背后,一连三次,惹怒了妈妈,发出"咝咝"的威胁声。

宝宝吃妈妈的奶,妈妈要吃东西才能有奶。妈妈外出觅食前,先在附近观察一番,确认没有危险,还咬断一株带刺的灌木,拖来挡住洞口。直到妈妈觅食回来,才把灌木移开。

西河保护站站长熊柏泉见到一对熊猫母子在雪地里亲昵,打滚玩耍。后来,熊猫妈妈沿山坡向上缓慢走去,宝宝顽皮地从屁股后面爬上去抱住妈妈前胛部位,让妈妈背着自己踏雪行走。他拍下这温情感人的一幕,用影像记录下野生熊猫的背仔、爱仔行为。

大自然是残酷的,只有那些健康的、适应性和竞争力强的生命,才有可能生存繁衍下来,否则将被淘汰出局。动物的教子之道都很严格,对自己的孩子宠而不溺,讲究方法。金雕是鸟类中最强壮的种族,从不遵守平等原则。一次孵出两只宝宝,猎捕食物很不容易,一次只能喂食一只,谁抢得凶给

熊猫背仔(熊柏泉 摄)

谁，瘦弱的吃不到食物只有饿死，只有最凶猛、最强壮的小鹰才能存活下来。熊猫妈妈也深谙此道，它们爱孩子，却从不娇惯，手把手传授孩子一整套取食、爬树、过河、逃生的本领，培养它们独立生活能力。等孩子成年后，还要强行赶走，让其自谋出路。

4个月大时，妈妈开始教宝宝生存技能。爬树是它们生存的第一课，更是必修课。熊猫妈妈会很耐心地教宝宝，引导它抱住树干往上爬，自己在下面用嘴拖住腰胯部，进行必要的保护和支撑。幼仔易受天敌伤害，睡在树上自然安全了。成年后，一旦遭遇豺群，没有胜算几率，"蹭蹭蹭"几下上树，还不把那些邪恶之徒活活气死。

秦岭里边河流多，遇到河宽浪高咋办？大熊猫从它的妈妈那里习得的过河巧道，会帮它们渡过劫难。佛坪保护区科研人员曾目睹熊猫妈妈教小仔过河的场景：熊猫妈妈在鹅卵石上跳来蹿去，行动甚是敏捷，腾腾几下就过了河，站在一棵桦树下，昂起头，发出像狗一样的低沉吼叫。不到两岁的宝宝应声而来，从竹林边径直走到河畔，用前肢拍打水面试探深浅，四肢踩上一块凸出水面的石头，身子团成一个足球，紧张地搜寻下一块落脚石头。乱石突兀，水流湍急，漫过好几处鹅卵石。几次尝试都失败了，有一次还差点掉进水里，吓得连忙退到岸边，无助地蹲在地上。

熊猫妈妈在河对岸紧张地看着，眼见孩子过不了河，焦急地返

熊猫过河（曹庆 摄）

回来，与宝宝头碰头呢喃细语，像是教授过河秘诀，宝宝时不时发出呜呜声。妈妈决定领着孩子过河，一边走一边回头望，不住地鼓励。宝宝还是胆怯得很，妈妈过去了，它却从河中间退回去。反反复复好几次，妈妈终于发了脾气，坐在对岸石头上尖声吼叫，严厉训斥。宝宝见妈妈发火了，吓得缩成一团，再也不敢马虎了。小家伙站在河边足足半个小时，苦苦思索，最后沿着妈妈蹚过河的地方，踩着妈妈踩过的石头，小心翼翼地渡过河，蹦跳到妈妈身边。看到宝宝的成长进步，妈妈高兴极了，抚摸着宝宝湿漉漉的毛发，头碰头，一个劲儿夸宝宝聪明勇敢。

熊猫妈妈每三年产两胎，宝宝长到一岁半的时候，妈妈又要举行擂台赛，生育下一代。它会毫不留情地赶走孩子，甚至动用武力，强迫它加入其他群体，以防近亲交配生出痴呆傻笨的后代。雍严格亲眼看见那只叫秦亚的熊猫一岁半了，不思进取，厚着脸皮，想吃奶亲昵。这个毛病惯不得，妈妈先是用声音威胁，见孩子不理识，还往跟前凑，顿时来了气，一巴掌拍到秦亚身上。秦亚踉跄着，退后了三米，才没摔倒在地。妈妈动了真，秦亚怯火了，一瘸一拐地迈开步子，还不断回头，琢磨妈妈的神情，见妈妈一副冷冰冰的模样，这才慢腾腾地走远了。

与秦亚妈妈的做派不同，另一只母猫就处理得很仁慈。雍严格目睹它带着孩子沿着"猫道"上光头山，后来孩子长大了，妈妈要谈恋爱，就想让孩子离开，可小家伙聪明得很，不用带领也能寻着妈妈的路上山。第二年，妈妈悄悄避开孩子，选择另一条道上山，孩子还在重复老路，妈妈很轻易地就甩掉了孩子。没有呵斥，没有暴力，这个妈妈真是太聪慧伟大了。

冲冠一怒

▼

冲冠一怒

/

"饥不择食"的意思不用我饶舌，可它并不适用于熊猫，姑且不说它们对竹类食物的独特嗜好，单说对性和爱情的选择吧。

在动物性爱的乐园里，像雄性紫崖燕那样强奸较小异性的行为并不多见。没有两情相悦，再好色的雄性也很少用凶猛和体力强迫异性。熊猫择偶很挑剔，有的虽不期而遇，却高不成低不就。雌性熊猫讲究"情投意合"，否则宁可忍受寂寞，也不滥用"感情"。野外雌性熊猫，只接受擂台赛"冠军"的求爱与云雨。圈养雌性熊猫是"拉郎配"，没有竞争，却讲究缘分，看不上或年龄悬殊，即使欲火中烧，也会强忍饥渴，绝不苟且敷衍。若是彼此相中又同处发情高潮，便是干柴遇烈火，狂热地拥抱亲吻，翻滚嬉戏，酣畅淋漓。若有雄性不知趣或太急迫，尽管情热似火，雌性却坐怀不乱，甚至大发脾气动粗手，轻则躲避呵斥警告，脾气暴躁的扇耳光撕咬，后果就颇多不妙。一只叫波波的雄性莽撞求爱遭对方咬伤下体，导致一个睾丸被手术切除，方才保住命根和"性"福。性的满足变成一种没完没了的身心折磨，欲火难耐的雄性必须把自己的本事炫耀出来，那就是力量、灵巧、勇气、智慧与耐力。只有赢得美女芳心，才能哄得她乖乖上床。

在四川碧峰峡中国熊猫保护研究中心，研究人员观察发现，两情相悦的熊猫发生性交行为的频率是那些互不搭理者的两倍，自由恋爱的交配成功率明显更高，繁殖能力更强。美国圣地亚哥动物园的专家马丁·温特尔在《自然通讯》发表论文说，这种家长式的"拉郎配"该改一改了，让熊猫们自由恋爱。

熊猫平时独来独往，我行我素，与同类互不往来，过着与世无争的"独行侠"生活。要是在野外看到两只以上的熊猫在一起，要么是母子，要么是发情期间雌雄幽会，要么是鏖战擂台赛的"参赛者"和"拉拉队"。

每年3月中旬到4月中旬，秦岭开始奏起生命的交响与狂欢，雌性抬起尾部，露出其隐秘部位，将肛周腺分泌出的动情激素摩擦在树干留下气味。山风将气味送出去，雄性闻到气味，争先恐后地聚集到雌性身旁。声音也是表达细微性爱的特殊信号，雄性的叫声似羊叫的颤

成年大熊猫做标记，吸引异性，警告同性（曹庆 摄）

音，雌性则像狗吠。

  雄性动物们大都拥有俘获异性的看家招数，比如许多雄性鸟儿凭着靓丽的打扮和甜美的嗓音。看似笨笨傻傻的熊猫秀什么？

  公猫们做梦都想着爬上母猫的脊背，为自己留下后代，可这并不容易。头年生育了的第二年忙着养孩子，只有那些育龄期内没生宝宝或宝宝长大的母猫才接受异性，发情母猫的数量是减少了，它们的背后通常会跟着几个追求者。谁都想摘取爱情的果子，打败挑战者是公猫的唯一选择。这时，实力与智谋成为取胜的关键。它们先是以声音相胁迫，彼此发出可怕的家狗打架时的吼声。那些胆小体弱或经不起威胁的，只好识相地走开了，却不甘心地发出酷似牛叫的呐喊。若双方觉得个头差不多，或恃强逞勇，或抱侥幸心理，一场激战就这样发生了。后果是残忍的，抓破脸面、咬烂耳朵、皮开肉绽是常事，甚至使对手命赴黄泉。

  熊猫专家雍严格目睹拍摄到4位"男士"争夺一位"美女"的打斗场面。一个雨过天晴的下午，他们在李家沟听到熊猫叫声，空气里弥散着熊猫发情期特有的、类似巴氏消毒液的气味。利用树林做掩护，架起摄像机和照相机，透过树叶仔细观察拍摄激战情景。雌性熊猫爬在油松树上观战，两岁大的幼仔在旁边树上酣睡，两只体型相当的雄性在树下怒目而视，不时发出低沉的吼声，不远处有两只头部受伤、淘汰出局的雄性卧在石台上，发出牛叫的声音，久久地不愿离去。

突然，一阵骚动声传来。树下那两只雄性凶猛地撕咬成一团，酷似狗打架的声音传出老远。美人不断发出山羊般的叫声，像是在鼓劲加油。树上酣睡的小宝宝被吵醒了，好奇地看着大人们决斗。战斗进行了十几分钟，失败者沿着山坡逃去，观战的两只雄性也知趣地走了。勇士面向美人发出"咩——咩"的颤音，声音极尽温柔。美人见勇士取胜，"哧溜哧溜"下了树，一路小跑过来，撒娇般地围着情郎转圈圈，情意绵绵地伸出粉红色舌头，轻轻舔舐情郎鼻梁上的伤口。过一会儿，美人掉过头将两前肢搭在坡下树干上，尾部翘起朝向坡上的情郎。爱情之火熊熊燃烧，情郎迫不及待地将两前肢搭上美人背部，双肢紧紧抓住背部皮毛，下腹靠近尾部。可能是位置和交配角度不合适，情郎很快离开美人向坡上走了3米，美人哼叫着也向坡上移动，再次头朝坡下，尾部翘起，情郎再次将前肢搭上美人背部哼叫着堕入爱河。66秒后，情郎前肢搂住美人腹部，让美人尾部蹲在其下腹部，呈坐姿胶着状，持续105秒后美人脱离开，回头对着情郎哼哼唧唧，似乎欲意未尽。情郎接连打败3位情敌，又是一番云雨，早已体力透支，靠在山石上大口喘着粗气。美人爬在情郎跟前哼叫了一阵，失望地爬上先前的树杆，不断发出叫声，意欲再次征婚。勇士是有心无力了，却不让其他公熊猫靠近，它挣扎着站起身围着美人转来转去，发出激烈的威胁声。

勇士和美人的爱情之路算是顺利的，而秦岭里另一帅哥的情爱之路就很坎坷。帅哥为赢得美女芳心，在树下苦苦守候9个昼夜，最后还打败一个情敌，用血泪和汗水谱写出一曲感天动地的爱情之歌。

目睹这一幕的是佛坪保护区高级工程师梁启慧，那次他们巡山看见两只成年熊猫在竹林里追逐，帅男穷追不舍百般献媚，温柔靓丽的美女却不愿接受这份廉价爱情，被迫爬上一棵大树，卧在四米多高的树杈上。帅男不停地绕着树转圈，仰头发出羊一般的"咩咩"叫声，温柔细腻，有些低三下四。美女却视而不见，毫不同情，竟然睡起大觉来。

就这样僵持了7天7夜。艰苦的煎熬，没有换来幸福的爱情，却遭遇了情敌的挑战。帅男不吃不喝守候多日，体力消耗太多，却也容不得情敌摘走成熟果实。为了爱情，为了尊严，它毫不畏惧地迎上去，

两只雄性激烈打斗争夺配偶（马亦生 摄）

展开了惊心动魄的搏斗。

它们互相用利爪、牙齿和身体，打击、撕咬、扑压对方，从山坡打斗到谷底，撕咬时牙齿摩擦的声音清晰可闻，狗吠一样的怒吼响彻山谷，所经之处树枝、灌木纷纷断裂，现场一片狼藉。战斗异常惨烈，双方互有胜负，全身是血。狭路相逢勇者胜，帅男渐占上风，情敌逃上山梁，远远地怒吼示威，强忍饥渴，不敢靠近半步。

美女被围困太久，饥饿难耐，树下发生的一切已提不起兴趣。对她来说，结果是最重要的，她只接受勇士的爱情，懦夫们到一边乘凉去吧。观看了片刻，就偷偷溜下树，钻进竹林觅食去了。凯旋的帅男满怀期待回到树下，却发现上面空空如也，不知美女去了哪里，垂头丧气地"呆"坐树下……

就在帅男绝望的时候，美女兴致高昂地回来了。它们迅速钻进茂密的竹林，开始温存"云雨"，享受生命中来之不易的美妙时刻。然而，这已是第9天的事了。

雌雄双方看似海誓山盟、至死不渝，实则做的是"露水夫妻"，不等度完"蜜月"，便翻脸不认人，各走各的路，他乡再遇已是陌路客。也许，对雄性来说，交配的唯一目的是满足性欲，以后的事与自己没有关系，它才不做梁山伯呢。生养宝宝完全是妻子的事，真是个极不负责的丈夫和父亲。

要是交配成功，母熊猫就不再找其他的公熊猫，而是安心怀孕待产。妊娠期5个月，每年8、9月间，雌熊猫寻得树洞或石穴产下可爱的小宝宝。

像大熊猫一样，通过战争赢取婚姻的动物很多，比如狮子、大象、斑马、野牛、长颈鹿，只是雄狮更加残忍，新任狮王会毫不留情地杀死前任狮王的后代，强迫母狮怀孕，把自家基因播撒在非洲大草原上。

雄性为性爱进行的竞争，看似残酷无情，却是最好的生存策略。它们是把最强壮、最聪慧的基因遗传下来，确保种族的健壮与强盛。要是让那些体弱、呆笨者享有性福，将会与雌性生出更加呆傻的后代。这些先天缺陷的孩子，哪经得起大自然的无情筛选，将成为下一个走向毁灭的物种。

这是自然搭配的结果，比起人类中的性贪欲、性暴力，那是纯洁干净得太多了。然而，上天又给出另一种安排。娇娇生得漂亮性感，春情萌动时，招惹来好多爱慕者，有的年轻力壮，有的衰老体弱。大豁年纪大了，腿脚不灵便，鼻子在打架时被抓豁了一块，破了相，毛发皱巴巴的，很不鲜净。它是凑热闹的，哪知撞上了十辈子好运，被美女看上了。不知娇娇是花了眼，还是怜悯，竟然把绣球抛给了它。

这是对"壮男"们最大的嘲弄和侮辱，它们愤怒了，大声吼叫，狂跳起来，把一根根拇指粗的竹竿咬断，仿佛那些竹竿就是老不死的大豁。娇娇冷冷地看着，铁了心，轻手轻脚地走向心上人，塌腰抬尾，"咩咩"地山羊叫，软语款款。也许她认为，爱情讲不得般配，彼此适应是最好的。大豁活到了这把年纪，啥事没经历过，丰富的经验是比一味蛮干更要紧的。

侠骨柔肠

▼

侠骨柔肠

/

曾看到一则熊猫咬伤甘肃文县碧口镇村民的消息：也许是闲得心慌，这只熊猫大摇大摆来到李子坝村闲逛，引来数百村民围观，大大自豪了一把。它兴冲冲走到村民家菜地，与菜地主人相遇，这人没见过熊猫，好奇地愣在那里。它却以为是在故意挡路杀自家威风，遂大怒，咬伤其右脚。

读罢不觉感叹："这'川派'熊猫对人如此不友好，实在有些凶猛霸道，还是咱秦岭熊猫温柔善良！"

秦岭山高林密，人们曾以刀耕火种、采药狩猎为生。由于熊猫皮硬难用，肉粗难吃，又不糟蹋庄稼，犯不着捕杀。保护区成立后，通过宣传教育，人们的生态意识和保护观念提高了。熊猫栖息地与村民耕地呈镶嵌状态，互相经常打照面，彼此见多不怪，相安无事。熊猫本就性情随和，温柔可爱，又觉得人挺友好，胆子就大起来，不攻击人，也不怕人。野外与人相遇，它会谨慎地跑开。若在开阔处相逢，它甚至敢和人套近乎。也许它们知道，这个世界上人类是关心喜爱它们的。

佛坪保护区阮世炬、雍严格跟踪过一只叫乖乖的熊猫，它开始的时候，一见人来就慌忙爬上树躲避，慢慢地不怕人了，溜下树进入竹林觅食，后来钻进一个"人"字形岩洞，用嘴啃咬后肢蜱螨止痒。他们折了竹棍帮着挠痒，它没有反感或生气，侧身卧在石板上。

亲近大熊猫（向定乾　提供）

他们大胆地用双手接近它的躯体给它搔痒捉蜱，它也显得很乐意。他们又掰来竹笋，剥掉笋壳，送到面前，它也不客气，伸出前肢抓住，放入嘴中，细嚼慢咽。他们把带壳的竹笋递到嘴边，它张开大嘴叼住，像吃甘蔗一样用嘴捋掉笋壳，左一口右一口，吃那鲜嫩多汁、味甜可口的笋瓤。乖乖食笋时从基部开始，他们觉得有趣，故意把笋梢递上去，它娴熟地用两肢倒换过来，贪婪地大嚼起来。他们把竹笋放在石板上，它总是捡取最大的吃，再光顾小一点的。若是带霉酸味不新鲜的，或是其他动物取食过的竹笋，它宁愿挨饿，闻一下就闭上嘴巴。

三官庙村民何夷栋从小就与熊猫打照面，他说，有一只熊猫坐在他家房后石墩上歇气，把他母亲吓了一大跳，熊猫却不慌不忙地钻进山林。冬天了，它溜进牛圈，把牛吓得落荒而逃，它却安然自得地住在里边，离开好几天后，牛还是不愿进圈。三官庙保护站的人说，有一年开春村民犁地时，一只熊猫来到地旁，像个杂技演员，一会儿打个滚，一会儿爬到石头上表演"平衡木"，一会儿悠然地打瞌睡，待了很长时间才回到山林。

还有一次，村民李红兴、何明智和从事大熊猫野外研究的韦博士，给三官庙保护站送物资。走到火地坝时发现前方30多米处有只黑白花色的动物摇头晃脑地迎面走来，仔细一看，原来是只体态健壮的熊猫。韦博士示意大家停下脚步，给它让路。熊猫也发现了人，稍停一下，又慢悠悠地往前走，似乎不在意他们的存在。20米、10米……大家静静地站在步道旁，又紧张又好奇，瞅着它一步步走近。随行的土狗小黑不在意地观望，驮东西的大红马把头掉转一旁，眯上眼。走到四五米远的地方，熊猫停下来捉摸，思量一番后，转身慢慢走上路边河道。小黑跟上前，不紧不慢地尾随，目送它隐入对面山坡竹林。

大熊猫学走平衡木（赵建强 摄）

熊猫恪守和平，

与世无争，但祖上为食肉目，身上依然葆有食肉动物的暴烈凶猛本性，有的熊猫并不比老虎豹子逊色。吕植见过一只叫杉杉的熊猫，将两个试图用大网捉它的年轻山民咬成重伤。还有一只叫华阳的熊猫曾恼怒她手中的相机，怒气冲天地前臂一挥，将一块百多斤重的石头击下山坡。就连与吕植最为相知相熟的娇娇，也在孕产期表现得很焦躁，它曾抓起一根枯木，放进嘴里一通狠咬，木屑迸溅出老远。潘文石他们遇到的脾气最坏的熊猫是娇娇家老二"希望"，有个新来的研究生曾被追得没命地跑。

璇璇是一只年轻的雄性熊猫，相貌有点像川猫，脾气暴躁，刚烈凶猛，被寄生虫病折磨得站不起来。农民将它抬到大古坪保护站，关进一间结实的房子，木头窗框上安插着钢筋。它在里面闹腾着，攀上爬下，见人就抓，急起来就用尖锐的牙齿啃咬窗框，以至于没人敢挨近。治疗了20多天还没痊愈，它就发情了。欲火中烧的它，有天夜里将窗框啃烂钻出去，逃回了莽莽山林。这是人们没有想到的，本来要把它送到楼观台抢救中心，它却提前逃脱铁笼的羁绊，去追求属于自己的性爱与自由。

一只叫遥遥的8岁雄性熊猫，患有心脏肿大的毛病，叫声大，脾气也大。从三官庙野外抢救回来，不肯打针吃药，见了穿白大褂的医生，更是又咬又抓，曾把值班用的床板、盆子、勺子抓出了洞。临死前，没有一点力气，还是不肯让人摆布。秦岭竟有宁死也不接受人类怜悯帮助的熊猫，也许它早就知道人类善行的背后也有不怀好意的一面。这种气节与个性，让我想起了宁可饿死病死也不领取美援面粉的朱自清。

叩门问药
▼

叩门问药

/

人受伤或生病时,有的不用吃药就能自愈,更多的是进医院找医生。熊猫有了伤病咋办?漫长的进化过程,使它们练就了一身硬功夫,还能给自己治病呢。熊猫的常见病有肠胃炎、蛔虫病、皮肤病、龋齿。熊猫感染蛔虫胃里灼热,就到河里喝水,缓解胃部不适。熊猫受了伤,用舌头舔舐伤口,把唾液涂抹在上面——唾液能消炎杀菌抑制病毒。或到低山区活动,那里气候温和,方便饮水,更省力气。它们更注意疾病预防,平时吃一些野当归、木泽、川芎,这些植物有医用价值。也舔食含硝盐的土，获得一些身体必需的微量元素。

一般的病痛，扛一扛就过去了，要是严重，它们也束手无策。有的听天由命，有的向人求救。秦岭熊猫通人性，有个三病两痛，就向毗邻而居的"好心人"求医问药，消灾祛病。

一只叫芳芳的雌性熊猫身患重病，卧地不起。保护区接到消息，立即派出抢救小组，乘车到凉风垭，赶夜路走了十多公里山路到达牌坊沟，将其抬回三官庙保护站抢救。

芳芳患齿槽骨膜炎、寄生虫感染、肠胃病，病情严重。人们对它进行精心治疗：先是捕捉身上的寄生虫血蜱，接着手术拔掉一颗妨碍咀嚼的牙齿，还用营养丰富的精饲料和竹笋调理；待体质有所恢复后，又用驱虫药打蛔虫。芳芳一天天好起来，吃得多了，身体也强壮了。一个阳光明媚的日子，保护站职工给它开过最后一餐饭，打开圈门，请回山林。它和人有了感情，不大愿意离开。雍严格用它最爱吃的甜奶粉引逗，一遍一遍地招引，它才恋恋不舍地走出圈门，回过头，又用前爪抓了几下门，以示感谢和告别。附近村民也赶来送行，院子里热热闹闹。芳芳迈着碎步，踱过院内一片菜地，越过小溪，穿过草坪，再蹚过小河，钻进密林。

一个半月后，美国哥伦比亚史蒂芬斯女子学院院长桑普森博士来了，雍严格陪着客人辛苦奔波五天，终于见到漂亮温柔的芳芳。那一刻，五十九岁的女院长激动得浑身发抖，一下子拍摄了四十个胶卷。她兴奋地说："我这次是专程来野外看熊猫的，我原来担心见不上，现在不但见上了，还拍了这么多相片。我回去以后要向我的朋友和家人介绍，组织更多的人来这里观赏熊猫。"

六个月后，芳芳又病了，精神不振，牙生龋齿，身上爬着很多寄生虫，极度消瘦。病倒后首先想起了"恩人"，自动跑回来。人们给它服用药物，注射青霉素，喂食大米稀饭、奶粉、白糖，还用给妇女补身体的当归、丹参、天麻炖母鸡补充营养。这次芳芳病得重，连续几天治疗不见好转。

人们心急如焚，各种查资料想办法。唐新成医生每隔一小时检查一次，彻夜不眠。芳芳上吐下泻，呼吸困难，出现脱水状况，生命垂危。保护区领导鼓励唐医生大胆实验，县上还请了两位兽医前来会诊。几千毫升液体由前肢输入体内，两天两夜的紧张抢救，终于把它从死亡线上拽了回来。

一只叫庆庆的熊猫身患重病，卧在三官庙村民唐华秀家门前。唐华秀赶紧跑到保护站报告，保护站紧急施救。痊愈后，放回野外。我后来见到唐华秀，她说，好几只生病的熊猫都是村里人发现的，她们把熊猫看作吉祥物。庆庆是跑到家门前的，她家那年还真是干啥成啥。

一只叫大顺的熊猫病得奄奄一息，躺在原洋县华阳林场采育一队

熊猫庆庆（方敏　摄）

大熊猫 PANDA

我的秦岭邻居

灶房附近。工人们将它转移进房子，熬稀粥喂，它勉强吃了一点。那时北京大学潘文石教授在华阳研究熊猫，赶紧对大顺进行精心治疗。恰逢布什动物园主任吉瑞·兰兹和兽医约翰·奥尔森来到潘文石的驻地，也激动地参与进来。大顺伤口开始愈合，食量大增，身体恢复很快。或许是对人类产生了依赖和信任，亦或是自感年迈体衰需要人类帮助，大顺放归后天天在农舍田园附近游荡，就是不肯回山林。两周后，大顺再次犯病，体温偏低，极度饥饿，又跑进村子卧到村民屋檐下等待救援。

熊猫为什么成了"濒危物种"

大熊猫在这片土地上繁衍了800多万年，是当之无愧的"活化石"。到了现代，野生大熊猫种群数量、质量却急剧下滑。这其中除了自然环境的影响，还有食源、疾病、生育习性、农业生产干扰、栖息地破坏、偷猎等的威胁，大熊猫的生存状况依然不容乐观。

详情请扫码阅读了解。

贵客来访

▼

贵客来访

/

张安新住在三官庙保护站后面,我两次采访过他,便成了朋友,说话没了距离。说起熊猫,老张就像谈论自家孩子一样随意亲切。

他说,冬天的时候,动物们会迁移到低海拔的河谷地带觅食喝水,野猪会选择开阔向阳的地方,将积雪覆盖的泥土翻得七零八落,羚牛沿着山梁和小路觅食枯草和嫩树皮,熊猫也来到竹子茂盛、地势低平的山沟、村庄附近觅食。

有一次,他清晨打水,刚转到屋后,就见一只熊猫在丈把远的水井边转悠。他蹑手蹑脚地过去,打水声还是惊动了它。它抬头望了一眼,见老张原地未动,也不再惊慌,蹒跚着走进树林。曾有一只熊猫迷了路,困在老张家猪圈,两口子二话没说,上山砍了竹子来招待。吃饱了,睡够了,临走时还回头望了望,算是对主人盛情款待的感谢吧。有时来了记者,就把摄像机架在他家门口"守株待兔",拍到了熊猫,也拍到了羚牛、黑熊、野猪、毛冠鹿、锦鸡……

老张给我讲了熊猫耀耀来家里"做客"的事。说起耀耀,这个瘦削、热情、精明的汉子脸上多了自豪与欣慰。那是三月底的一个晚上,天空飘洒着雪花。夜里九点多,他摸

采访张安新 (白忠德 提供)

黑起来上厕所,走到堂屋门口,听到厢房传来一阵响动。老张知道有动物"登门夜访",转身回屋拿手电筒。开始以为是鹿子什么的,等他来到厢房,拧开手电筒一看,着实吃了一惊。原来是一只黑腰围黑眼睛身躯灰白的家伙,见到人和光亮,可能感觉到身边这人没敌意,并没有逃走,只是拼命朝厢房角落蜷缩,嘴里不时发出"哼哼"叫声,看样子身体不舒服。

"熊猫生病了——"老张顾不得上厕所,叫醒妻子九香,冒着飞舞的雪花,招呼这位踏雪来访的"客人"。老张拿上柴刀,跑到后山坡砍来一抱新鲜嫩竹,九香到灶间生火,熬了一大锅稀饭,把平时舍不得吃的白糖全撒进去。他们把稀饭倒进盆里,这家伙太饿了,凑

上前去，呼哧呼哧喘着粗气，大口大口地吃，头也不抬地吃。他用手电筒照，它不理会，还凑近身旁摸了一下硬得猪鬃似的皮毛，它耸了一下腰。这可把九香吓坏了，心跳到了嗓子眼："二杆子，这是野兽哩，小心发威哩……"

他又轻轻地摸了一下熊猫，它仰头望了一眼，又很快低下头，把嘴伸进盆里，享用起"美餐"。吃完一盆，老张又盛一盆，依然不管不顾，只是专注地吃，直到把一大锅稀饭喝个精光。之后，又吃了点新鲜竹叶，才倒头大睡起来。

怕出意外，他让妻子盯在跟前，自己连夜跑到保护站通知工作人员。第二天，他们用笼子把它送到陕西省野生动物抢救中心。因为救助及时，它很快康复，后来取名耀耀。老张说，熊猫的皮毛硬得很，扎手呢。他也后怕，幸亏熊猫没发怒，要不就危险了。

老张告诉我，只要熊猫来家里，就照样招待。熊猫爱吃甜食，放点糖就喝个没完。九香还对我说起她利用熊猫挣钱的一段往事：某年夏天，她赶着黄牛进山，半路上，发现树下岩洞旁睡着个熊猫。九香瘦小，头脑却活泛，瞬间闪过一个念头，让牛自个儿走，转身跑回保护站，问游人想不想看熊猫。游人听说，立刻围拢来，嚷嚷着要去。她说，我可以领你们去

张安新与妻子九香（白忠德 提供）

看，不过得收点费。游人问多少，她回答七八十元吧。游人说，可以的，那要是看不见咋办。她回答，把钱退给你们就是。

我问九香游人看到熊猫没有。"当然看到了，来去路上只花了个把小时，那天热得很，牛虻子又多，熊猫乘凉，不会很快离开的。"九香脸上挂着浅浅的笑。

熊猫惹人喜爱，黑白相间反差强烈的毛色起着很大作用。熊猫仔仔是黑处胜墨，白处似雪，纤尘不染，惹人怜爱。老张说，有个村民在山林捉到一只熊猫，用麻袋装了，带回家，解开袋子，像只皮球滚出来，黑白分明，煞是喜人。那个村民想喂养下来，无奈整日吵闹，"汪汪"地叫唤。那人知道，私养熊猫是犯法的，遂将其放归山林。

熊猫幼仔天生漂亮可爱，就像迎春花的金黄是自染的。成年熊猫整天在山野竹林逛荡，难免粘上草屑尘土，要想干净体面怎么办？爱美的它们自有窍道：选择暖和的天气溜到溪沟里，扭扭胳膊、伸伸腿儿，在清格凌凌的溪流里畅游几圈，洗刷得干净清爽，再到阳光下晒个"日光浴"，舒服极啦。

张安新曾目睹一只成年熊猫的沐浴过程：那是三月下旬的一天，他正沿溪流而上，准备到东沟察看熊猫活动。突然惊讶地发现，在一个深不过膝的水潭里，一只熊猫正在洗澡。它用前肢给身上泼水，偶尔全身猛扎进水里激起朵朵水花，时而笨拙地在水里行走，时而斜倚着石头休憩。平生第一次看到这种情景，张安新非常激动，悄然离开飞奔向保护站，向在那里搞科研的雍严格报告。雍严格野外跟踪、研究熊猫30多年，从没听说、更没见过野生熊猫洗澡。

十几分钟后，雍严格他们跑到水潭边，熊猫已经沐浴完毕，离开了。他们有些失望，这时林区水泥路边竹林一阵晃动，"噗嗒噗嗒"

走出来一只湿漉漉、憨头憨脑的熊猫，两只黑牡丹似的大耳朵机警地直立着，一对温和的眼睛不时地四处打量。他们迅速趴在地上，慢慢移动到竹林边隐藏起来。熊猫见四下无人，踱着"八字步"，慢腾腾地走上水泥步道，边走边抖落身上的水珠。后来，索性睡在上面，四肢伸展，前肢抱着头，快乐地打起滚来。洗澡耗费体力，它有些疲倦，便躺在路旁土坡晒太阳，前肢抱着肚皮，后肢悠闲地架在树干上，翘着个二郎腿，活脱脱一副大爷模样。

小睡了一会儿，再次走上水泥步道，就发现前后都有摄像机和照相机。它似乎见惯了这一切，既不显惊喜，也不恐惧或目露凶光，时而蹲坐，时而回望，时而小跑，就像在拍艺术照，不停地变换着姿势。见到这副架势，他们按捺不住激动，纷纷站起来拍摄，架起三脚架，从容地换镜头，持续观察拍照20多分钟。"日光浴"享受够了，体毛干了，这才扭扭身子，慢悠悠踱着步子，往茂密的竹林走去，还不时回头望望，似乎向他们道别呢。

张安新讲这些事的时候，语气格外平静："大山里就我们一户住得最远，熊猫是我们的好朋友，帮助朋友是情理中的事……"

逛逛老县城

▼

逛逛老县城

/

秦岭山里有一座遗弃的县城,道光年间是佛坪厅治所,地处傥骆古道中间,是长安到汉中的必经之地,曾经人烟繁盛,有3万多人。民国时期,县长不堪土匪骚扰,把县衙搬到袁家庄,中华人民共和国成立后划归周至。人随官走,人口是越来越少,现在只剩几十户。地荒了,路没了,地里和路上就长起茂密的树林、竹子,大熊猫、金丝猴、羚牛、野猪、黑熊、香獐重新占领了这里。

老县城被秦岭山中的周至、佛坪、长青、太白山国家级自然保护区包围，是极为重要的大熊猫走廊带。前些年，这里建起国家级自然保护区，老城内设了一个保护站。这里偏远闭塞，生活艰辛，工作枯燥，保护站工作人员却不抱怨，他们把保护站当家，把熊猫当亲人，乐意做秦岭动物的保护神。

老县城人没动物多，又有"娘家"壮胆，动物们就不怕人，胆大的还到城里来游逛。熊猫最是温柔，也最聪明，知道自己的身份尊贵，成了这儿的常客。

秋田牧影（王维果　摄）

2004年4月，一只大熊猫到村民冯钢娃家串门。大熊猫来到冯家灶房，冯家孩子才十五岁，见熊猫进了屋，吓得爬上梯子，往屋顶阁楼里钻。他在楼顶待了半天，不敢下来。熊猫也不走，这儿闻闻那儿看看，干部似的到处视察。后来，冯家儿子见熊猫没有离开的意思，就从楼顶上下来了，大着胆子摸熊猫。熊猫也不躲，任人摸。后来，没有收获，觉得无聊，它就晃悠悠地进山了。

五年后，熊猫逛上了城墙，挣足了面子。2009年4月的一天早晨，老县城村书记吕志成在村街上转，发现东门城墙上有只大熊猫也在散步。他下意识地大声喊"猫——猫——"

像一锅沸腾的水，烫化黎明前的宁静。保护站站长蔡安刚起床，听到街道上传来惊喊，没多想，抓起相机狂奔过去。

闻讯而来的人们，把目光聚拢到一个方向——东城墙。那只熊猫在城墙上由北向南走着,散漫地迈着碎步,一边走一边好奇地东看看、西瞧瞧。蔡安跑到城墙根,想挨近些。它却淘气地扭动着笨拙的身子,爬到城门楼上,居高临下地扫视。就像前来视察的领导,板着满不在乎的面孔。

老县城卧在秦岭深处,山大路远,平时没啥新闻,日子过得寡淡,像是吃着没盐的饭。突然来了一只"花熊",便觉得新奇,以为发生了轰动性大事。人们都往这里跑,连狗也兴冲冲跟来,围观的村民越来越多。熊猫平素独来独往,哪里见过这阵势,一下子成了"人来疯",竟然即兴表演起来。先是在城门楼上来回打了两个转转,选好位置,朝着外城门口的方向,纵身一跃跳到地上,引得人们一片惊呼。然后不紧不慢站起来,轻松地抖抖身上的尘土,炫耀似的回头望了望,转身穿过城门洞,朝城里走去。

人都围拢过来,熊猫这才意识到事态严重,耍二杆子对自己没好处,钻过路边的篱笆跑进玉米地。蔡安虔诚地跟在身后,距离不断缩短,最后他是一伸手就能摸到熊猫毛茸茸的屁股。熊猫没有惊慌失措,淡定地回过头嗔怒地看着他。身边的同事大声喊:"快拍照——"他才想起手里拿着相机,慌忙对着熊猫"咔咔咔"按下快门。

熊猫却不理会他的狂拍,加快脚步,一刻也不消停,穿过玉米地,越过南城墙,消失在城墙外的山林。他痴痴地看着熊猫的背影,开始生出一些懊恼:"熊猫表演的时候,咋就没给留下一张剧照……"这都怪熊猫表演太精彩,让他犯了傻,错过这么个好机会。猛然想起同事李祥丰也拿着相机,便把希望寄托他身上,就在人群中搜寻。人是找见了,却见李祥丰也大张着嘴,朝着熊猫消失的方向痴痴地望着，手里拿着相机，镜头盖都没打开呢。

熊猫走了，围观的人群久久不愿散去。熊猫经常逛到老县城，唯独这一次最精彩，最叫人难忘。蔡安很是欣慰——这是他们几十年如一日辛勤付出、呵护生命所取得的成果。老县城的熊猫活动范围在扩大，种群数量在增加，人与动物的感情在拉近。

他又想起救助熊猫城城的事。2007年12月12日，巡护人员发现了一只受伤虚弱的大熊猫，两岁多，将近30公斤。当时他们在核心区巡护，前面山坡上有棵桦树，一个黑白相间的家伙在树顶闪了一下，引起他们的警觉。他们仔细瞅着，树上那家伙突然转了个身，一个毛茸茸、黑白色皮球出现在眼前。"是只熊猫——"他们兴奋了，不顾一切地奔过去。冲下斜坡，跑到沟底，再爬上对面的斜坡，激动冲散了疲惫，很快跑到了那棵桦树下。仰头望去，桦树顶部的树杈上爬着一只亚成体大熊猫，一条腿无力地耷拉着，滴着鲜血，树干上、树底部的雪地上残留有斑点血迹。小家伙惊恐地看着树下几张陌生的面孔，试着爬动，却又无力爬下来。六个多小时后，救援人员赶来了，大家取出一张网，把小家伙弄下来包了起来，轮流抱着赶往保护站。

塔儿河是老县城最大的河，四五米宽，曲折蔓延50多里路。河水冰凉，难以涉足，怎么带着熊猫过河？有人想出"击鼓传花"的点子，人们挽起裤腿，一个挨一个站在冰冷刺骨的河水里，受伤的熊猫从每个人的手中传递着，抵达了对岸。因为是在老县城发现的，就取名城城，伤好后到佛坪生活过几年……

大熊猫串门子，也上瘾的，这不几年后又来了。2013年10月14日，保护站职工陶清华吃过午饭，散步到西城门，听到一群喜鹊和几只乌鸦围着云杉树乱叫，遇见村民孙有雪对他说，树上有只大熊猫。

果然，距地面20多米处，一只大熊猫蹲在树杈上，调皮地四处张望，树下已有围观村民和来此采风的摄影家。那棵云杉树又粗又高，很难想象200多斤重的熊猫，竟然轻松地爬上这么高的树，不亏是爬树高手。

人与朱鹮和谐（王维果 摄）

村民越聚越多，担心熊猫受到惊吓，保护站李祥丰让大家撤到几十米远的大路上。保护站人员和村民在树下张好大网，防止它掉下来受伤，几分钟后这家伙却呼呼大睡起来。

天黑后，村民们陆续离开，保护站工作人员两人一班，轮流在现场守候，隔一会儿就往树上看看。大熊猫身体有病时，一般会到人群中寻求医治；被猛兽威胁时，也会爬上树避险。他们推测，这只大熊猫极有可能是身体有病或被猛兽追赶，无奈之下，躲到大树上。凌晨2点50分，树上突然没动静了。他们用手电筒照上去，树上空空的，原来它已悄悄溜下来，不辞而别了。

熊猫谷掠影

▼

熊猫谷掠影

/

这个占地20多亩的"新居",依山而建,有天然的山坡、岩洞、树林、竹子和人造溪流,翠竹掩映,林木深幽,山泉碧澈,洞穴舒适,还有秋千架、洗浴池这样的健身娱乐设施。大宝、城城、阿宝、坪坪、丫丫、雪雪、七仔、小丫先后在佛坪熊猫谷接受野化训练,过着悠然自得、情趣盎然的生活。

饲养员蒲志勇是这里的工作人员,个子不高,却很精干,参与抢救一只患病熊猫时与熊猫结下缘分。

憨态可掬的佛坪大熊猫（赵建强 摄）

他一心围着熊猫转，节假日不休息，甚至没在家过一个春节，也不能帮年老多病的父母做农活。由自己照顾的两只熊猫开始"谈情说爱"了，可他年近三十还没成家。生活单调枯寂，工作人员换了四五批，他依然坚守，还自费购买相机，拍摄记录熊猫习性。

2009年9月16日，秦岭熊猫野化培训基地（这里现在叫了熊猫谷）在佛坪建立，大宝、城城、阿宝入住。

它们都是野外抢救回来的幼仔，骨子里还有些野性，爬树、打架、饮溪水、钻洞都在行。野化训练是帮它们适应环境调整状态恢复野性，逐步完成自主寻食、抵御天敌等野外生存能力。"刚来的时候它们有点怕生，长途运输也有些受惊，新鲜的竹子放在旁边不吃，要等人走完才动嘴，3天后它们就适应了。你们看，原来种在这里的竹子，几乎都被小家伙们吃的吃，破坏的破坏，"蒲志勇说，"我们每天都详细记录它们的体温、进食、情绪、休息……"

小家伙们各有各的拿手好戏，一个是爬树高手，能爬到20多米高的松树尖上；一个是拳击冠军，抢食最厉害；一个跟头翻得最好看。大宝，雌性，青春靓丽，腼腆喜静，独来独往，有着"绅士"般的沉稳；城城，雌性，没有大家闺秀的风范，活泼好动，豪爽大方，调皮得很，时常在游人面前"扮酷"；阿宝，雄性，年纪最轻，力气最大，淘气贪玩，爱耍"小聪明"，最是娇憨可爱。城城、阿宝关系最为亲密，几乎形影不离，常常一起嬉戏喝水进食。大宝看在眼里，却不羡慕嫉妒，心态平和我行我素。它们年龄相近，还在童年，顽皮搞怪得很，真是人见人爱。

（蒲志勇 摄）

3

县委通讯组长吴燕峰从它们进入基地那天，就进行持续关注和深入报道。她后来对我说，入住"新家"那天，热闹得很，各级领导、媒体记者、当地群众来的很多，都很激动。面对一张张灿烂而陌生的笑脸，大宝镇静自若，慢慢转动黑白分明的脑袋，黑亮的眼睛静静地看看这个，瞅瞅那个。阿宝看了人们几眼便走到一边，低下头用眼睛的余光窥视周围。城城抬起左爪罩住双眼，侧转身子，从爪缝向外偷

熊猫谷（佛坪熊猫谷　提供）

偷观望，恰似一个害羞的少女。

"新家"外形古朴、状如山岩，城城东张西望打量了几眼便兴奋起来，笼门一打开就迫不及待地跨进去，几步跃上放着新鲜竹子的特制木床，嗅闻几下竹叶又跃下木床，绅士般绕居室踱步一周。看到阿宝在饲养员的呼唤下不愿出笼，城城来到笼前，向它轻轻抬头耸鼻，像是说："快出来看看咱们的新家——"阿宝甚是听话，应声跨出笼门，一抬头看到木床上新鲜的竹子，也跃上床抚弄起竹叶。过了一会儿，城城爬到对面木床上，坐着吃竹叶。阿宝知性懂礼，看到城城让床让竹子，感到不好意思，便走下木床，坐在城城对面地上吃起来。大宝从容入室，毫不客气地大嚼竹叶，用前爪把竹叶摘下来，熟练地卷成筒状送进嘴，"竹筒"随着上下颌的蠕动几下便缩进嘴巴，房间里一片窸窸窣窣声……

比起以往笼子里的生活，大宝、城城、阿宝有了更多选择、更多快乐，日子过得更加惬意舒适。

基地周围挖有壕沟，外部是两米多高的塑胶玻璃围墙，进出口都是两道铁门，饲养员给熊猫喂竹子走的也是一条特殊通道。熊猫待在20多米高的树上，看似笨拙实则灵巧得很，上下树飞快。他们要防止山上滚石砸坏围墙，伤了熊猫，缺口也可能成为熊猫的逃逸通道。围墙外的树要是倒在里边树上，形成"桥梁"，熊猫会从这里跑出去。园子里的树周围用几米长的竹子包围着，防止爪子抓破树皮。树皮好似人的脸伤不得，皮破了树就死了。

能想到的安全隐患，都及时做了防范。然而，一些游客的行为却叫他头痛。游客多少对熊猫没影响，游客的说话声、车声已经习惯了，但孩子发出的怪叫声、学狼叫声，会吓着它们。有的游客扔水果逗它们玩，有的竟然跳进河里捡石头往熊猫身上扔。有一次，熊猫待在树上蜷成一团打盹，有个游客见它不动弹，就朝它扔石子，打在身上，吓得摔下来。有的游客还索要粪便，也不能给，粪便里有寄生虫，怕传染给人。

熊猫每天早晨6点吃竹子喝水，那次来领导参观，为让领导看到熊猫的活泼好动，县上决定等到领导来了再喂食。领导9点多才到，晚了3个多小时进食，饿得它们胡跑乱蹦。

更多游客表现出来的素养和对熊猫的热爱，也叫蒲志勇感动。游人们看熊猫卧着不动，原来是在午睡，顿觉熊猫有趣，就耐心等上两三个小时。熊猫姗姗而来，游人满足而去。福建女熊猫迷专门赶来，正值它们午睡，就耐心等着醒来，看到天黑才走。她说，这秦岭熊猫眼里有点忧郁。她真是说对了。它们在这里过着衣来伸手饭来张口的生活，可这园子也是一座"监狱",它们没有行动自由,能不郁郁寡欢?

熊猫的主食是竹子,蒲志勇还会给它们吃些苹果、奶粉、窝头这样的"细粮",补充营养。窝头是用麸皮做的,这在我们眼里是粗粮,但熊猫吃起来很带劲。还不定时地补充些葡萄糖酸钙、多维元素片。这些"细粮"与野外进食的差距太大,因而饲喂数量、次数都有控制。他们还把饲喂"细粮"和一些训练项目结合,培养它们接受训练的兴趣爱好。每每这时,它们平时的绅士风度荡然无存,尽显聪明、贪吃的天性。

刚进园胃口好时,每只每天吃30~40公斤竹子,还吃奶粉、窝窝头。雨天或天太热,食欲便减少,每只每天吃20~30公斤竹子。它们的嘴刁着呢,对竹子也有选择,发苦的不吃,只吃发甜的。它们喜欢甜食,但像甘蔗这种含糖高的食物不让吃,担心患龋齿病。

它们也吃丁香树枝、野草,舔石锈、泥巴。园子里野李子熟透掉下来,黄黄的,又酸又甜,阿宝睡在树下,听到掉下来的声音,就睁开眼睛找着吃。端午节人吃粽子,熊猫也过节吃"粽子",它们吃的是蒲志勇用配粉、枣子、葡萄干、窝头做的,外面包的是木竹叶。

夏天气温高时,它们在水池里洗澡,冬天水池结冰,就在冰上玩。喝奶时,双

蒲志勇与熊猫们 (蒲志勇 提供)

爪端着喝,舔干净。有时就侧躺着,把盆子扣在头上,像是黑衣战士头上的钢盔。不高兴时摔盆子,高兴时抱着树棒棒,从山上往下掀。蒲志勇对熊猫的习性了如指掌,能根据它们的步伐快慢和神态,知道它们的喜怒哀乐。他坐在大宝跟前,大宝才不管呢,微微闭上眼睛,吃自己的。时间长了,他对它们有了感情,它们对他也有了感情,做出搂抱、拍打、啃咬的动作,想与他玩耍。他可不敢大意,它们没有轻重,那一掌打在同类身上没事,打在人身上受不了。看城城来亲热,蒲志勇就把它的头压住,或吆喝几声,它就安定了。阿宝喝奶粉时睡着了,游人问下一个动作会干啥,蒲志勇说它要抱着盆子睡觉。阿宝醒来后,果真抱着盆子又睡了。

别看熊猫平时温顺,暴躁起来吓人得很。有个新来的饲养员没按规程操作,熊猫恼了,抓住他的手使劲咬,把手指咬成了几段。

野训大熊猫(蒲志勇 提供)

驯养熊猫与圈养熊猫的习性区别,就是要保持一定的野性。

蒲志勇把苹果洗净切成小块串吊在竹竿末端,每次串一小块,把竹竿举高,教它们站立叼食。看见竹竿上的苹果,它们围拢上来,个个竭力站直身体仰起脑袋抢叼,力气最大的阿宝耍起"小聪明",将大宝、城城用前爪按在地上,自己抢先吃苹果。大宝、城城毫不示弱,"嗯嗯"地抗议挣脱按压,伺机把阿宝摁下去,大宝、城城又开始争抢。一番折腾后,谁也没吃到苹果,便生出挫败感,走到一边生闷气,吃几口竹子喝几口水解馋,却摆脱不了苹果的诱惑,又开始争夺大战。苹果掉到地上被大宝捡起,城城、阿宝一拥而上,大宝着了慌,敏捷地将来不及吃的苹果护在胸前,城城、阿宝便用前爪去掏去夺,"嗯嗯"声响成一片……

蒲志勇爬上树,伸出夹着苹果的长竹竿,它们便在一棵树上竞相爬高,努力接住长杆上夹着的苹果。它们身手敏捷,插着苹果的竹竿伸得越高,它们就顺着树枝爬得越高,然后两只爪子撑住两边的树枝站稳,嘴巴对准苹果狠狠地咬下来。这样的训练,是为了让它们锻炼身体,掌握野外逃生本领。

接受非麻醉状态采血,是它们为家族繁衍做出的新贡献。熊猫体检及科研工作需要采集血液,以往采血是在完全麻醉状态下进行的,工作人员严格控制药量,麻醉前后禁食12小时,还是对熊猫造成一定程度的人为干扰。开始体检时,它们看见针头就躲,不住地后退,还把眼睛捂起来。慢慢地,不怵火了,敢于迎着针头,主动伸出前臂。

熊猫怕热不怕冷,是天性,娘胎里带来的。秦岭熊猫生活在海拔

800以上的山地竹林。零下十几度，对我们来说，已经受不了，它们却快乐地穿行于白雪茫茫的竹林，就像生活在白色帐篷里，踏雪赏景选食竹子。冬日天地苍茫，寒意袭人，熊猫洞、秋千架、小木桥覆盖着一层绒绒雪花。它们仨走出居室，东张西望，兴奋异常，像三个顽皮的孩童，追逐嬉戏，搂抱摔跤，打滚翻跟头，白雪粘洒身上，变成三只可爱的"雪花熊"。

天放晴了，大雪没有融化，河溪依旧封冻，山风袭来让人打冷颤。但它们浑然不在意，大宝爬到半山腰休息，阿宝爬上木架展开身子晒太阳，调皮的城城干脆跑到房顶把头探出去望蓝天。

蒲志勇根据它们的体能和接受训练情况，以后肢力量野化训练项目为主，慢慢增加花样和难度。它们渐渐适应了模拟自然生存的生活环境，快乐食竹，自在嬉戏，食欲大增，3只熊猫一晚上吃掉70多公斤竹子，接受训练后又增加6.7公斤竹子。它们的体重、腿部力量明显增加，会用山泉水解渴洗浴，暴雨山洪袭来时懂得向山坡高处转移，学会在树上擦肛门留下气味圈占领地。这些都是野生熊猫的拿手好戏，对于圈养熊猫来说，却成为一门极具挑战性的新课程。

蒲志勇说，城城有了领地意识，在山坡上占据一块地方，用屁股在周围树上蹭，留下气味警告他人勿入；聪明的阿宝，学会在水中捞取食物；大宝好静不喜热闹，听到饲养员喂食的叫喊声才出来争食，更多时候是待在山洞里沉思默想。

后来城城、大宝离开基地，回到楼观台。阿宝留在这里，但它感到了实实在在的孤寂。饲养员何鑫说，平时大宝总是欺负阿宝，吃东西也是自己先吃。可是大宝走后,阿宝非常不适应,吃东西少了,睡觉时候少了,经常在园子里转圈子,还发出哼哼的声音,一副急躁不安的模样。"我能断定,它是舍不得好朋友离开,在园子里面找大宝呢……"

所幸过了不久,21岁的坪坪从楼观台回到家乡。阿宝和坪坪做起了邻居,这下又高兴起来了。

坪坪年龄大了,笼子里生活久了,体能下降,只会用前爪抱树,不会爬树了。坪坪的经历说明,熊猫是要爬树的,要野化得有树木,圈在笼子里就会失去野性。蒲志勇精心观察呵护,根据它的年龄、口味和身体状况,精心选竹,制作窝头,开展野训项目。

阿宝虽然高兴,却不开心,怎么能与一个老年异性处对象呢。当阿宝看见美女丫丫时,犹如一道闪电划过黑漆漆的夜空,顿时眼前一亮,知道这辈子爱上她了。

4岁的丫丫,是陕西野生动物抢救中心人工繁育的一只雌性熊猫。曾与另外3只熊猫入驻西安世园会,大展芳容,赢得游人喜爱。刚来时,丫丫胆小,见人就跑,拿来的食物,只有等人离开才敢吃。10多天后,丫丫慢慢适应了新环境。再喂食时,它就在地上打滚,站起来转圈,表达着激动与感谢。吃饱喝足后就东走西逛,或上树睡觉,或接受野训。

何鑫与坪坪 (何鑫 提供)

大熊猫
PANDA

我的秦岭邻居

"丫丫最是机灵，'功夫'也学得最快。"蒲志勇说，丫丫是名副其实的"小胖妞"，但这丝毫不影响它"学功夫"。基地活动空间大，有树木、山岩供它"练功"，工作人员还饲喂苹果、窝头补充能量，用食物引诱上树增强后肢力量和觅食能力。丫丫很聪慧，学得多，领悟快，攀岩爬树本领日趋熟练。

吃竹子、翻跟头、耍木棒……丫丫的小日子过得舒心极了。

11

我是2016年第一次拜访了想见而未如愿的棕色大熊猫七仔——两年前，我曾借其口（《我是七仔》）痛骂过人类。去年的犬瘟热让楼观台的熊猫遭了罪，有几只不幸离世，七仔被送回老家佛坪熊猫谷躲难。这也再次验证了圈养并不是"国宝"们的最好出路。

虽是立秋前一天，但秋老虎提前来了。中午十二点多，太阳就把秦岭里的树叶花草烤得蔫头耷脑，把热辣辣的光刺向熊猫谷。除过圈舍，只有围墙拐角处有一片清凉。七仔便把午睡点放在这里，就那么趴在窄窄的水泥台上，随着均匀的呼吸肚子上的毛也均匀地一起一

七仔开始想心事了（何鑫 摄）

伏，嘴巴微微张着，一截红舌头露在外面。偶尔把身子挪动一下，好让自己睡得更舒服些。圆头圆脑，体形浑圆，衣着棕白相间，干净润泽，实在讨人欢喜。

人们站在窄窄的看台上，扶着半堵围墙，把脖子伸得像长颈鹿，很小心地捧着手机对着她，叽喳着，喧闹着，想让她走动起来。可她不为所动，依然酣睡着，

七仔食竹（赵鹏鹏 摄）

她是太清楚自己的身份了——目前全球唯一的棕色熊猫，可谓"国宝"中的国宝。然而，令我遗憾和愤怒的是一些游人并不买"国宝"的账，为饱眼福，大声吆喝，甚至拿矿泉水瓶子砸。

饲养员蒲志勇说，前年年底七仔从楼观台来到熊猫谷，体重由89公斤增加到100多公斤，每天能吃40多公斤竹子。吃饱喝足后最喜欢玩奶盆、翻跟头，常把奶盆当凳子坐坏。有时像个"乖乖猫"，四仰八叉地躺着望蓝天，或是静坐思考，或绅士般地散步，或独居小木桥赏风景。它的体力、野性、本领大长，像秦岭冷杉一样壮实。依然继承了祖先的"懒性"，摆着"内八字"，慢悠悠地迈着步子，兴致来了便"噌噌噌"爬上树"秀功夫"，荡秋千，趴在枝杈睡大觉，醒后眨巴着眼睛想心事……

把人工繁育的动物野化训练后放归自然补充野外种群，是濒危

陕西首只圈养后代——楼生（赵鹏鹏 摄）

野生动物繁育、野生种群重建的重要手段。将圈养大熊猫放回野外的"家"，是一件全球瞩目的大事。国家投入了大量的精力、财力和热情，实施效果却是喜忧参半。2007年放归野外的大熊猫祥祥，一年后与野生同类争夺领地摔伤致死，宣告了全球首只野化放归实验的失败。但野化放归的步伐，没有停下来。2012、2013年放归的淘淘、张想目前生活在四川石棉县栗子坪自然保护区，可是2014年底放归的雪雪、新媛，已相继死亡。

就在四川抓紧实验的时候，拥有世界第三大人工种群的陕西楼观台也不甘寂寞。雍严格说，熊猫自身繁殖能力低，圈养后求偶能力更低，对于危险的警惕性、觅食能力也会降低，加之食性单一、栖息地破碎，熊猫野化放归的难度很大。目前陕西圈养熊猫数量太少，实施放归的可能性不大，更多是为以后的野化放归积累科学数据和经验。

把一个物种圈养起来,肯定不是保护其种群的正道,野化放归的确是一条好路子。可如果没有高质量的栖息地,即使饲养再多的熊猫,拥有再成熟的野化技术,到时把这些宝贝们"放归"到哪里?我们要重视圈养熊猫,加快野化放归的步伐。却绝不能忽视淡化野生种群的保护,万万不可做这种舍本逐末的事。毕竟,野外环境才是它们真正的家,熊猫风风雨雨几百万年,肯定不是为了今天在动物园、饲养场取悦我们。

大熊猫的野化放归之路,注定坎坷多舛。圈养大熊猫,回"家"的路还有多远?

一起去看陕西人自己的"秦岭大熊猫"

看秦岭大熊猫,当然首选是去佛坪的"熊猫谷"了。这里的大熊猫有憨态可掬的、机灵活泼的、沉稳安静的……撒欢打滚、剥竹挖笋、喝盆盆奶、骑马上树,各有各的"一技之长"。

详情请扫码阅读了解。

明珠出尘

▼

明珠出尘

/

弯弯，是在秦岭捕获的第一只熊猫，也是西安动物园第一只本土熊猫。这个美男子，脾气很不好，咬伤抓伤过几个人。前往比利时展览途中还抓破了机长的裤子，机长笑嘻嘻地没生气，将这条裤子当纪念品收藏起来。

秦岭民间称熊猫为"花熊"。1963年，陕西成立秦岭生物资源考察队，对奥秘的秦岭进行全面深入考察。1975年1月16日，考察队员张纪叔顶着风雪严寒，走在三官庙湾沟的深幽沟底，沿着弯弯曲曲的羊肠小道艰难地向上攀爬。忽听得头顶山崖上一阵雪溜的"唰唰"声,他立即止步,警觉地抬头凝视,透过刺眼的雪花迷雾,看见二三十米远的正前方,一只体形健美的熊猫,带着一只雪球似的幼仔在雪地里奔跑。

他们日寻夜思着,却一直未见其踪影。终于见到了,他激动地像猫捕鼠一样猛弹出去。熊猫妈妈见有人追来,奋不顾身地将宝宝噙在口中逃命。他在深及膝盖的雪地里跟着熊猫屁股撵。汗水湿透了衬衣,风雪从裤腿、袖筒、脖子灌进去,跌倒爬起来,荆棘划破衣衫、手指,累得眼冒金星,上气不接下气。熊猫妈妈噙着宝宝,跑起来很吃力,双方距离便不断缩短,眼看要被追上,只得弃子保命。张纪叔乘势将幼仔抓住,"扑通"一声,跌坐在雪地。人是摔倒了,双手却没松开,仍把幼仔紧紧抱着。

这只矮墩墩、圆鼓鼓的贵客,重5.5公斤,体长50多厘米。因为是在湾沟捕获的,便被取名"弯弯"——佛坪熊猫的命名多数为抢救地名称的缩写,也有根据时间或其他特征命名的。

考察队员连夜赶山路到岳坝公社打电话,向上级汇报这一喜讯。上级部门担心养不活,及时回电话,要求把幼仔送回山林,使母子团圆。

熊猫画作 (王西林 画)

第二天，雪霁天晴，旭日东升，山野茫茫，银装素裹。张纪叔哪有心情观看雪景，抱着幼仔，怅然若失地来到湾沟。前边山崖下有一汪黑乎乎的潭水，潭水周围有两条小路，小路两边是青绿的竹林。他觉得这可能是熊猫的饮水道，仔细一瞅，路上有梅花状的脚印。

　　他将幼仔放在小路上，想看着它回到母亲的怀抱。这只失去母爱的可怜幼仔，竟认定他是救命恩人，顽皮地依偎在脚下。张纪叔左一跺脚右一挥手，怎么也赶不走，就假装生气，打转身子往回走，它竟尾随而来。张纪叔没回头，凭感觉离自己不过两米，突然小跑起来，躲在拐弯处一块大石头后面。幼仔竟艰难而执着地找寻过来，一下子抱住他的双腿。张纪叔顿时泪流满面，像拔萝卜似的将它捧起来。

　　把弯弯带回驻地，他将宝宝不愿回归的事，写了一封娓娓动听的"陈情表"，把上级感动了，也就满足了他的愿望。考察队员与弯弯吃住在一起，当自己的儿子一样宠着爱着。弯弯像个娇惯的孩子，有了竹笋，便不吃竹叶，和大家睡在一起时把头顶在墙上或坚硬的地方，把嘴藏在胸下，蜷卧成一团，还不时发出轻轻的鼾声。

　　弯弯在张纪叔、雍严格他们的精心照料下，长得像个虎头虎脑的胖娃娃。就在这年春天，弯弯被送到交通较为便利的岳坝公社喂养，由一名细心的农村妇女照顾。一天，县上领导要来探望。张纪叔把它打扮得漂漂亮亮抱着，像向首长献花一样迎上去，领导满面春风，接住弯弯，尽情爱抚。抚摸第三下时，司机的倒车喇叭声吓得弯弯跳在地上，似乎摔了一跤。好似一件美玉脱手跌落，领导的脸一下子拉得老长，张纪叔脸上的笑容也没了，小小插曲搅黄了这热烈场面。自那以后，弯弯便不好好吃食。领导听了，又紧张又后悔，忙派县兽医站医生前去治疗。兽医仔细观察后，说是国宝受了惊吓，过几天就好了。

弯弯是从秦岭走出去的第一只明星熊猫，5个月后来到西安动物园，受到"皇太子"一样的恩宠。当时，动物园只有1只22岁的四川熊猫，过着风烛残年的生活。由老工人王启肇和青年女工刘国英专门负责弯弯的衣食住行。

这个野生野长的小家伙，最爱吃甘蔗、竹笋。刘国英用奶瓶给它喂奶，它竟然用口吹气以示抗议。她将它抱在怀中，一边抚摸搔痒，一边将奶瓶硬塞进口中。它勉强吃上一口、两口，便挣脱出来，东游西转，到处溜达。"淘气鬼——"她生了气，叹一口气，将奶瓶重重放在一边。它才不管呢，玩上一会儿，又死皮赖脸地回到刘国英身旁。刘国英破颜一笑，一肚子火气烟消云散，又拿起奶瓶。后来，只要她拿起奶瓶，弯弯便四爪朝天，自己抱住奶瓶，"咕吱、咕吱"喝起来。刘国英很快爱上这个淘气却可爱的小家伙，经常逗它玩。喝奶的时候，她有意将奶瓶举高，就是不给它，让它馋得直淌口水。这时，你叫它干啥，它就干啥。要是喂饱了奶，再让它做游戏，它就装聋卖哑，不理你这个茬。

她们体贴入微的照料，使弯弯没有遭受失去母爱的痛苦。它一见到刘国英和王师傅，就尾随不舍，高兴得摇头摆尾、打滚撒娇。它喜欢与刘国英在假山捉迷藏，你躲我寻，我躲你找，玩得很开心。有时，它还偷偷钻进她们宿舍，不声不响地上床乱翻，将衣物、枕巾、书籍扔得满地都是。发现主人回来，才"腾"地跳下床，调皮地抱住你的腿，捏你的腰。

"弯，握握——"饲养员王师傅叫道。

弯弯通人意，居然伸出右掌来，握住王师傅的手，亲切地摇了摇。它吃竹子、竹笋、甘蔗时,习惯席地而坐,用"手"握物,用侧齿剥掉皮,一边剥,一边吃,很像人吃东西。

四年后,弯弯长成大小伙子,大家是又欢喜又忧愁,欢喜不用说,愁的却是找不到一个年龄相仿感情对路的媳妇。那只四川熊猫,人称"松潘老太",整天蔫头耷脑的,喝稀饭都没精神,双方年龄相差悬殊,哪里能让弯弯中意。5岁的冬冬,是个右肢残废的可怜小姑娘,还不解风情。挨着冬冬住着大坪,是个活泼可爱的少年。弯弯找不到对象,就很不高兴,脾气变得烦躁起来,几次咬伤了人。

"金发女郎"来了,丹丹芳龄12岁,大病初愈,又受一番轮毂之苦,显得精神疲惫,饮食不思。这"林小姐"气质风姿俱佳,娇喘吁吁的模样反倒增添了几分韵致。弯弯对邻家女一见钟情,哪知"林小姐"并非轻浮之辈,对这位"贾宝玉"并不赏识。

对于爱情来说,时间也许是最好的良药。弯弯使尽招数,百般讨好,慢慢融化了丹丹的情感冰山,双双步入洞房,种下爱情之树,结出硕大的果子。只是儿子秦秦的肤色与爸爸一样,没一点妈妈的毛发遗传。这让人们雀跃的同时,又添了遗憾与期望。

生活更多的是平淡,没有波澜,就像我们看到的大海表面。人生如此,

熊猫画作(王西林 画)

熊猫的一生亦如此。弯弯在动物园的日子,是一种物质无忧与精神拘狭的叠合,厚重的岁月之幕遮去了它的丰润与欢畅,只让它以被观赏者的身姿出现在游客面前。

1992年,弯弯去世,享年18岁。

(本文的写作参考了《陕西日报》记者杨玉坤先生的相关新闻作品,特此致谢!)

 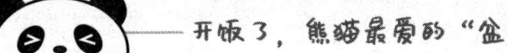

开饭了,熊猫最爱的"盆盆奶"

说到大熊猫,很多人都会发现,动物园中的熊猫,经常会有整齐的排排队,喝盆盆奶的景象,真是又萌又可爱呀!

你知道为什么要给熊猫喝盆盆奶吗?为什么熊猫都对盆盆奶情有独钟呢?一起去发现"盆盆奶"的奥秘吧……

金发女郎

▼

金发女郎

/

大熊猫家族成员身穿黑白色衣服,却有极个别化妆成棕白色,更加靓丽珍贵。丹丹的出现,为这个原本神秘的家族涂抹上一层更为浓重的底色。

如果说大熊猫是夜空里耀眼的星星,丹丹便是这一千多颗星星中最明亮的一颗。

最早发现丹丹的是佛坪县大古坪村主任吕国友。老吕至今还记得，1985年3月26日上午，浓雾笼罩着东河河谷，树枝上挂着透明的水珠，莹莹地滴答。山谷里静悄悄的，偶尔传来一声雄环颈雉的高声鸣叫。吕国友带着几个村民巡查，防止人烧荒种地。中午1点40分左右，他们沿着崎岖的河岸，穿过寒冷、潮湿的巴山木竹林，走到悬马沟口，坐下来歇气，突然听到哗啦、哗啦的声音，像是有人拖竹子，搅得竹林不停晃动。

吕国友猫着腰，悄悄靠近，拨开竹丛，发现一只奇异的熊猫不停地用爪子拍打竹叶，显得烦躁不安。

这只熊猫和别的不一样，本应黑色的部位成了棕色。他捡了根树枝，走上前，轻轻拍了拍它的屁股。它看了他一眼，没有动弹。过了会儿，蹒跚着往前走了十几步，又躺在地上，挣扎打滚，很痛苦的样子。

本文作者采访丹丹的发现者吕国友（曹庆 摄）

是时，北京大学潘文石教授在佛坪考察熊猫，刚带着学生从三官庙回来。老吕跑过去，大声对潘文石说：那儿有一只病熊猫……潘文石他们飞奔过农田，顺着陡坡下到河边，立刻看见这只惊恐万状的熊猫。它躺在地上，已经气息奄奄。

潘文石惊奇地发现，它的颜色与以往见到的黑白分明的熊猫不同。以为身上黏着泥土，可仔细一瞅，身上很干净，浅棕色的不是泥土，是毛的本色。潘文石拿出相机，摄下这一罕见影像。

大熊猫 PANDA

我的秦岭邻居

发现棕白色大熊猫丹丹（雍严格 提供）

他们把它团团围住，一位男同学伸手抓它毛茸茸的耳朵，它高声号叫，用前爪回击。求生的本能使它喘着粗气，步履艰难地向山上走了40多米，钻进一簇灌木丛，力气用完了，连一块尺把高的岩石也爬不过去。遂绝望地转过身，无力地坐在地上，慌乱地盯着人们。

潘文石在离它五六米远处坐下来，仔细端详：这是一只非常漂亮的熊猫，面部缩短，特有的墨镜中间忽闪着一对珠子般的棕色眼睛，类似家猫的鼻垫、嘴唇的皮肤也呈棕色。

它是饿得皮包骨头，却一口竹子不尝。等它稍稍放松，潘文石采来一把嫩竹，递到嘴边。它先是用前肢把竹子推开，接着把头深深埋在前肢中间，再把脊背高高弓起来：这是熊猫害怕或生气时的典型姿势。这是一只雌性熊猫，大约13岁。更加细致地观察使他惊奇不已：身上没有一点黑毛，耳朵、眼圈、睫毛、鼻头、嘴头、身上的章纹，全是浅棕色，眼珠是浅棕黄色的，像个秀气的"洋娃娃"。

潘文石刚来秦岭调查熊猫还不到20天，就有这么惊奇的发现。他激动得浑身颤抖，立刻意识到，这绝对是只稀世珍宝。

寂静的大古坪热闹起来，男人女人、老人娃娃纷纷赶来，叽叽喳喳议论个不停。

它愈发惊惧，却没有力气跑了，趴在地上，头无力地枕着前腿，发出轻轻的哼叫声。

日衔西山，黄昏罩住大古坪，山岭的轮廓渐渐模糊起来。它的病情在加重，不停地哼哼，间歇性颤抖，夹杂着抽搐。

那时人们对熊猫的疾病所知不多，手头又没有适宜的药物。山里夜很凉，村里小伙子捡来干柴，点燃篝火，为它取暖。大家轮流守护，防范狗群、野兽侵害，定时记录呼吸和脉搏。

一只野生熊猫，必须用其三分之二的时间觅食，才能获得维持生命的足够能量。竹子的营养成分低，熊猫吃得快拉得也快，很难有剩余的营养贮存。它们是经不起饿的，更何况眼下这只骨瘦如柴、气息奄奄的熊猫。食物是最好的营养，他们用脸盆冲来葡萄糖和奶粉，送到面前，它一盆接一盆打翻。人们越殷勤，它的警惕性越高，愈加显得恐惧不安。

潘文石让大家撤到离它尽量远的地方，只留下两位学生逐步靠近，相距一米多远与它轻声细语谈话。他们把细竹竿一端劈开个缝隙，把一块剥去包装纸的水果糖夹在中间，轻轻送到嘴边。

也许是人们的努力感化了它，它终于津津有味地吃起水果糖。他们又取来一把大饭勺，将溶化的葡萄糖水送过去。它温顺而聪明，一番学习后便能用前掌熟练地抓住饭勺，将牛奶、糖水和鸡汤喝下去。熊猫吃东西了，大家紧悬的心放松了些，可它仍不吃竹子。

他们决定从其活动痕迹中寻找蛛丝马迹，第二天清晨，沿着它的

行走路线仔细察看，谜团很快解开了——这只熊猫患有肠炎。大熊猫觅食总是选择上一年生的嫩竹叶，它却不加选择地咬断各种年龄的竹茎，有些咬断后也不吃，粪便中竹叶的消化程度极差。健康熊猫的粪便覆盖着一层薄薄的透明黏液，它的粪便却散乱地摊在地上，里面含有大量水分和未经消化的竹叶。

这个结论很快得到科学证实，潘文石通过显微镜检查，发现粪便里有大量蛔虫卵，蛔虫消耗体内营养，导致其极度消瘦瘫软。

有了用竹竿喂糖吃的经验，他们如法炮制，每隔三小时，把两粒土霉素夹在竹竿缝中送到嘴里，以此控制肠炎的发展。

不久，保护区工作人员和医生赶来，把它转到室内护理，它的病情有所好转。喝鸡汤时也开始吃鸡肉和稀饭，夜里睡得很香，发出与人类相差不大的鼾声；还用那粉红色的舌头舔身上的毛，甚至能摇头抖毛。丹丹嘴刁，只吃嫩竹笋。当地300多名村民冒着严寒上山，踏着积雪，掘地一尺多深，挖出不足5寸长、鲜嫩可口的毛尖竹笋。

丹丹就是在这附近发现的　（曹庆　提供）

慢慢地，它不再怕人了。人们用手抚摸，捉蜱虱，用梳子梳毛发，还用听诊器听心音，进行各种简单检查。

这么叁天叁夜的精心治疗护理，使丹丹的病情得到控制。省林业厅同意将丹丹运到保护区管理局进一步确诊治疗。管理局局长和局党委书记冒雨赶到大古坪保护站,召开全体抢救人员会议,研究部署运送方案。吕国友拿出准备做家具的木板,精心钉成一只大木笼子,又组织8名青年,小心翼翼地抬着丹丹,沿着坎坷小道翻山越岭十多公里到了岳坝,再用救护车安全送到管理局。

管理局调集来经验丰富的医护人员,他们曾抢救过熊猫洋洋、冬冬,医疗组迅速制定了"将治病与加强饲养管理相结合"的稳妥治疗方案。丹丹患有肠胃炎和严重肠道寄生虫病。医疗组决定先治肠胃炎,待病情稍有好转即开始驱虫。他们对于驱虫药的选择,极为慎重,研究了六次,有的医务人员还在自己身上进行实验,最后选用汉江制药厂的新药复方甲苯咪唑。每天用药一次,连续服用三天,收到良好效果,丹丹排出蛔虫170多条。驱虫后,丹丹食欲大振,饱餐了一顿美味可口的竹笋。它慢慢康复,体重从发现时的120斤上升到165斤,毛色愈发光润铿亮、棕白分明,性情温驯,娇艳可爱。

潘文石给它取了个诗意而好听的名字——丹丹。他解释说,丹与单谐音,第一个丹代表红色,因其毛色泛红;第二个丹为单独、唯一,意指文献从未记载过。

2

1985年5月8日,丹丹安家落户西安动物园,后与来自老家的弯弯结成伉俪。那美丽的身姿、奇异的毛发吸引了约两千万中外游客,许多外宾就是冲着它来的。一位外国生物学家看到丹丹后,惊叹地说,丹丹是一位美丽的"金发女郎",是继世界第八大奇迹兵马俑之后的又一奇迹。

当初潘文石是想让丹丹回到山林,保护区却坚持将它送进动物园。丹丹的幸运,是在重病之际得到人类的救助,而它的厄运也是从

这时开始的。关进笼子里的丹丹，终日烦躁不安，不停地撕咬钢筋。到了西安动物园，住着独门小院衣食无忧，却没了秦岭里的自由畅快，整日孤寂落寞。

丹丹有过一次出国机会。身体还未彻底痊愈，便有人想送它到比利时展出。研究人员坚决反对，主张留下来做更深入的研究。出国的呼声压倒了研究的哀求，所幸原国家林业部果断挡驾。

丹丹命运坎坷不顺，有过两次做母亲的经历：当年4月底，丹丹发情了，佛保区急忙与西安动物园联系，等磋商完毕送到西安，已是明日黄花。1986年4月，科技人员采取人工授精和弯弯交配双管齐下。秋季时，丹丹产了两仔，却没有成活。

1989年春天，丹丹与弯弯交配成功。8月31日凌晨5点，一阵小狗似的啼叫从产仔的山洞传来。秦秦出世了，毛色黑白分明，没有遗传妈妈的肤色。儿子出世第3年，父亲弯弯去世。秦秦桃花运不佳，打了一辈子光棍，只活了17岁，死于肺淤血水肿。唯一的儿子死了，丹丹绝了后。

大熊猫都穿黑白服，到了丹丹这里却化了妆。丹丹的出现，轰动了世界，为世界大熊猫研究史树起一块里程碑。但它并非唯一，秦岭南坡还有和它穿着同样棕色"衣服"的伙伴。

继丹丹之后，世界上又发现7次棕色大熊猫，全都出现在陕西秦岭地区，其中5次在佛坪、2次在洋县。

1990年2月，佛坪保护区工作人员在三官庙地区发现一只棕色成年大熊猫，它迅速消失在茫茫竹海，再未现身。

1991年6月22日，佛坪保护区梁启慧、王铁军一行在光头山石垭子，意外发现一只黑白色成年熊猫带着一只体重约20公斤的棕白色幼仔,并幸运地拍摄了照片。

1992年3月29日,长青林业局职工和北京大学科研人员在洋县华阳柏杨坪救助一只伤病雌性成年棕白色熊猫,救治康复后戴上无线电颈圈放归野外。

2000年4月26日,佛坪三官庙村种植地膜玉米的6名村民,看见一只体重100多公斤的棕白色大熊猫坐在河边竹林中取食巴山木竹竹笋。

2002年9月,佛坪保护区科研人员巩会生在西河付家湾一石穴中见到一只棕白色大熊猫给刚产下不久的幼仔哺乳。

2009年11月1日,佛坪保护区梁启慧一行在三官庙倒流水沟见到正在哺乳期的棕色大熊猫幼仔,后被误救至秦岭珍稀野生动物抢救饲养研究中心,取名"七仔",雄性,今年10岁。

2018年3月11日,长青自然保护区一观测位点利用红外相机首次拍到一只成年棕色大熊猫,共有3张照片和1段时长10秒的视频,也是该地区第二次发现棕色大熊猫。

其肤色之谜,引起专家们的推测:其一,潘文石教授提出大熊猫物种具有"二态性";其二,基因突变引起,自然界这种概率很低;其三,棕色是一种原始性状,体色更接近祖先始熊猫;其四,梁启慧先生认为,是一种隐性基因重合的结果。

棕色大熊猫成因到底如何,还有待于科学工作者考察揭秘。但有一点可以肯定,这种现象似乎与秦岭地区独特的地理、气候条件有某种"神秘"联系:秦岭金丝猴、羚牛的毛色,要比外省"兄弟"黄一点;秦岭"调出"的金黄色毛皮动物,到了外地便会"褪色"发灰。

当人类满怀憧憬与自信走进新千年时,丹丹却已走到了生命的尽头。最有名的专家，最有效的药物，最先进的仪器，最精细的治疗，最诚挚的祈愿都没能挽留住它匆匆远去的脚步。

90年代起丹丹逐渐衰老，陆续出现消化不良等症状，捧起了药罐子。1995年，进入老年期的丹丹体质急剧下降，夏天吃竹叶很少，开始需要冰块降温；冬天则食欲不振，活动量缩小，这一状况在以后的几年中不断加重。

1997年夏，丹丹整天卧床不起，不思茶饭，动物园请专家会诊，进行治疗，病情才有所好转。

1999年，丹丹27岁，却已是人类的耄耋老妪，眼睛部分失明，动物园想尽一切办法延续寿命，用上许多贵重药品，却挡不住岁月的刀剑劈削，衰老一天天加剧……

进入新千年，丹丹28岁，相当于人类90岁，病魔找上了门：前一年眼睛部分失明，现在又患上了癌症。2000年5月8日，饲养员兀淑琴突然发现丹丹肛门周围出现一些肿块。5月12日，动物园与西京医院皮肤科、肿瘤科专家进行会诊，初步诊断为鳞状细胞癌。5月15日，动物园领导召开紧急会议，安排丹丹接受切片检查，当天下午开始暂时绝食、绝水。动物园领导表示，哪怕花再多的钱，下再大的力气，也要把丹丹救活。

5月17日早晨8点半，西京医院专家和动物园领导、职工一起为丹丹进行麻醉，将它抬上预先准备的简易手术台，插上氧气，进行病灶取样工作。专家们从其肛门周围病变部位切下1厘米的肿块，进行活检。还在病变部位注射抗癌药物，控制病情进一步发展。整个切片检查到9点16分结束。检查期间，丹丹的呼吸、脉搏、体温都很稳定，没有出现异常状况。丹丹28岁高龄，相当于年过九旬的老人，堪称熊猫中的老寿星。这一年龄进行肿瘤切除，手术风险性很大，护理工作难度也相当大。动物园决定不采用手术疗法，只进行药物治疗，计划每隔一周注射一次抗癌药物，延长其寿命。天津太河制药有限公司得知后，专门派人连夜从天津驱车送来抗癌药物，并表示将免费提供一切抗癌药物。当天下午，丹丹就可进少量的稀饭、竹笋。专家说，它目前还没有生命危险。

5月24日，活体切片检查结果出来，确诊为鳞状细胞癌。当天上午，西京医院的专家和动物园工作人员再次对它进行抗癌药物治疗。注射麻药5分钟后，丹丹被抬上简易手术台，人们给它注射了平阳霉素、塞若金等抗癌药物。专家们又在丹丹的四肢发现4处肿块，最大的1.5厘米，他们怀疑癌细胞已经转移。动物园工作人员24小时值班，密切监护其病情。丹丹的治疗费用一次需5000元。动物园与《西安晚报》联合发起抢救国宝熊猫行动。收到的第一笔捐款50元，是庆安小学六年级学生惠晓玲寄来的。她在信中写道：看到丹丹患了癌症后，我心里很难受也很着急。动物患了癌症更痛苦，因为它不会说话，太可怜了。我在小天鹅艺术园学国画，画过熊猫，知道它的珍贵价值，希望叔叔用最好的医术救活它。多少年来，丹丹给我们小朋友带来许多欢乐，如今它病了，我们都应该用爱心去呼唤它，我要对所有的小朋友说：少吃一点零食，救救国宝熊猫。

知悉丹丹病情后，娘家人非常焦急。5月25日，时任副县长鲜成军一行带着家乡新鲜的巴山木竹，打着"丹丹佛坪家乡人民来看您"的横幅，专程赶到动物园熊猫馆，探望离别家乡15年之久的丹丹。几位娘家人详细问了病程及治疗措施，并将带来的新鲜木竹喂给它。

6月7日上午，西京医院专家和动物园工作人员第三次为其治疗，

在癌变部位注射药物，进行冷冻治疗。经过20多天的治疗，病情趋于稳定，12个肿块已经减少到9个，癌变部位也得到相应改善。丹丹患癌症的消息引起全国多家新闻媒体的关注，《西安晚报》率先报道，中央电视台记者进行了电话采访，上海东方电视台、天津电视台等媒体派记者专程赶来。

经过5次冷冻、抗感染治疗后，癌变得到一定程度的控制。谁知从7月开始，丹丹又出现短时间抽搐。8月25日下午，人们将丹丹的大枕头、担架、氧气瓶装上车，抬出家门送上汽车，在众多员工和手持摄像机、照相机的记者们护送下直奔西京医院。2点41分，它被抬进CT检查室，医生们给它注射麻醉药，6分钟后丹丹睡了过去，大家合力把它抬上CT台。3点零7分，医生开始对它进行腹部、盆腔扫描。4点15分，做完扫描检查。CT检查发现，丹丹腹部、肺部积水，肺部还有炎症。

9月1日，丹丹整日抽搐，滴水不进，一直埋头卧在圈舍，生命垂危。鼻孔里24小时插着氧气，靠输液维持生命。动物园领导和十几名工作人员寸步不离，密切观察病情。正在西安开会的西北地区动物园领导，也纷纷赶来。

9月6日晚9点左右，丹丹突然呼吸加快，嘴巴大张，一直守候在身旁的饲养员、兽医立即进行抢救。

9月7日凌晨0点，医生给它嘴里注入药物。2点零5分又注入一瓶药物。4点、6点、8点、9点……丹丹呼吸越来越快，心跳不断加速。10点30分，心跳已达到每分钟74次。10点35分，丹丹的双眼微微跳动了几下，而后便永久地闭上了，带着一生的传奇与神秘，永远离开了这个爱恨交加的世界。

人们非常关心丹丹的病情，有人提议克隆它，动物园也有考虑，还与有关专家取得了联系。曾成功克隆出世界第一只山羊的西北农林科技大学张涌教授对其切片采样，取走部分体细胞，将采用体细胞克隆的方法，把另外一种动物的细胞核取出，植入丹丹的细胞核，进行体细胞克隆胚的培育。两年前他们就开始了这项工作，已成功培育出黑白色熊猫体细胞体外传代50多代，形成大量的熊猫体细胞资源。四川大熊猫繁育研究基地的张美佳也专程赶来，采集了丹丹的卵子，准备进行体外培养受精。我是密切关注着这些新闻的，也是热切期望能够如愿，然而我再也没有看到后文。

丹丹标本（庞旸 摄）

丹丹的癌症，把动物园职工的心一下子揪了起来。丹丹病危时，园领导、兽医、饲养员守在身边，一直陪到生命的最后一刻。饲养员兀淑琴照顾丹丹长达15年，感情最深厚，本该这年6月退休，可她实在放心不下，就向园领导申请留了下来。丹丹不幸病故，对她的打击最大。看着手术台上的丹丹，29岁的饲养员陈红斌也控制不住感情的闸门，趴在门柱上失声痛哭。

丹丹匆匆走了，毛皮被运回佛坪，做成世界唯一的棕色熊猫标本，敬放在秦岭人与自然博物馆，终于叶落归根了。

（本文第3部分的写作参考了《西安晚报》记者黄亚平先生的相关新闻作品，特此致谢！）

乖乖真乖

▼

乖乖真乖

/

前不久，雍严格先生来西安，我们又聊起熊猫，他念念不忘与一只叫乖乖的熊猫保持4年友谊的往事。

1982年5月17日上午8点，雍严格、阮世炬他们在三官庙回龙庙山坡发现了它。当时，熊猫正斜靠在石头上，贪婪地剥着竹笋，用嘴衔住一株粗大的笋子，向下一捺，伸出左前肢接住，双肢握着，像人吃甘蔗一样剥皮食瓤，一根接一根地吃。

他们高兴极了，慢慢地向它靠近。它听见了响声，抬头见是两条腿的家伙，愣怔了一下，放下竹笋，起身便跑，摇摇摆摆钻进竹林。

多少天来，他们是顶着朝霞，披着星光穿行在茂林竹海，寻找着"竹林隐士"的踪迹。一次次见到它剥掉的笋壳和留下的残桩，偶尔见到一只熊猫，也都是一见面便扭头离去。终于逮住机会，哪能让它从眼皮子底下跑脱？他们不顾一切地追上去，竹子刮破了衣服，扎伤了皮肤，都不在乎。半个小时后，熊猫和人都筋疲力尽。它爬上一棵栎树喘着粗气，慢慢平静下来，开始排泄，完了又靠在树上休息。半个小时过去了，它探头探脑地向下观望，原来它又饿了。他们一直围在树下，静静地抬头观看。看到这景象，便会心一笑，散开躲了起来。见人走了，它急忙溜下树，撒开腿就跑。又开始了你追我赶的"拉锯战"。

又跑了十几分钟，它钻进小沟边一片竹林。他们试图把距离缩短一点。它马上停止取食，起身向前移动，他们停下它亦停下。后来，他们学着它的样子，脚手并用在地上爬行，掰掉竹笋，剥掉笋壳，让口中发出"吧唧、吧唧"的咀嚼声。它慢慢减轻了戒备，让他们又接近了一些。

它吃饱了，放心地躺下休息，过一会儿爬起来，开始在石头上蹭，一下又一下，有些烦躁。他们想用树枝给它搔痒，却担心那一爪子抓过来，可就不得了。他

雍严格觅踪大熊猫（雍严格　提供）

们尝试着用竹枝给它搔痒，拨拉掉身上的蜱虫，它竟然舒服地伸直了身子。他们的胆子壮了许多，轻轻走近它身边，直接用手梳理抚摸。

"这只熊猫太乖巧听话了，我们唤它'乖乖'。开始只能保持10米，3天以后，可以接近到3米。到了第4天，我就可以坐在它旁边，看着它吃，递给竹笋，它就接着吃。它对我们很熟悉了，能辨别出声音，我们一叫乖乖，它就跑到跟前来。夏天我们连续跟踪72小时，冬天连续跟踪48小时……"

乖乖在活动或休息时，对周围的响声反应最敏感。人们偶尔踩断一根枯枝或发出别的声音，它都要抬头向声响处张望。这或许是熊猫长期在自然界形成的一种条件反射，以便及时发现天敌或同类。初夏气温升高时，乖乖喜欢到竹林中的偏岩下休息，那黑白相间的毛色往往与岩石混为一体，要不是循着足迹很难发现。有一次，雍严格在乖乖面前往返了三次，直到听见乖乖发出的轻微鼾声，原来它就睡在附近的岩石下面。

乖乖趴着、躺着，四仰八叉，还不时翻翻身。他手握竹笋，站在旁边，耐心等了两个小时。它终于睡醒了，迫不及待地站起来，将前肢搭在人膝上，索要人们手中的食物，狼吞虎咽地嚼食起来，一气子吃完30公斤竹笋。它喜欢吃糖类食物，人们把糖递过去，它嚼食不止，甚至能舔净流在胸前的涎水。把糖喂完或控制糖量时，它就在人身上嗅闻不止，还伸出前肢在衣袋上抓摸。喂它鸡蛋、土豆时，得放上白糖，它才动嘴。乖乖很快也学会了用双肢捧碗吃一些流食。

乖乖的戒备心还是强的，面对一种新食物，它总是由气味的引诱达到对形状的接受。他们把苹果递到面前，它只是嗅闻一下便用前肢推到一边，再抓起来闻闻，反复几次还是犹豫不决。他们就用刀子切开，让它用舌头舔舔，尝到了甜头，以后再见到苹果便整个地抓住塞进嘴里，美美地享受一番。

严冬时节，三官庙遍地积雪。乖乖从大松树下的洞穴里站起来，看见雍严格来到面前，迎上来似乎向他索要东西呢。跟随它在雪地里爬来爬去，冰雪把他们的衣

人工喂食（邰宗武 摄）

裤鞋袜冻结在一起。夜间气温零下7度，他们周身发麻，哆嗦不止。趁它到沟边取食，他们赶紧扒拉些桦树皮烧火取暖。红红的火苗在夜空闪烁，乖乖也向火堆靠近，坐在火边吃食。它喜欢听音乐，每当人们打开收音机，它就不再吃了，卧在地上静静地听，有时竟睡着了呢。

熊猫画作（王西林 作）

想着野外辨识方便，他们拿来红色颜料，给它做标记。它从人们手中夺过颜料桶，把颜料倾倒在头上、身上，白色的外衣变成大红袄。过了不久，化学颜料全部消失，全身皮毛如同用水洗过，显得更加黑白鲜亮。

老雍说，乖乖是见过大世

面的,与当地村民经常晤面,接见过媒体记者,还与三官庙小学的学生过"六一",热闹喜庆极了,留下好些珍贵合影。

这样相处了4年,雍严格与它建立起深厚感情,获得了许多有价值的数据资料。"乖乖真的很乖呢,我们准备给它戴个铃铛,以便随时知道方位。先在它面前摇动,好让它适应一下。谁知听到铃声,它一把夺过来,'咣当、咣当'摇起来,我们没有费力就给戴上了……"

"甜食主义者"大熊猫

小孩子爱吃甜食,大熊猫也一样,野生大熊猫会在海拔不同的山间迁徙,寻找可口的嫩竹、竹笋,竹子含糖量高,是熊猫的最爱。动物园中的"奶爸奶妈"也会不定期给它们糖吃……

你知道还有哪些熊猫爱吃的甜食呢?

艳艳留洋

▼

艳艳留洋

/

熊猫艳艳怎么也想不到自己会成为中国大熊猫海外军团中的一员，10岁那年，以友好使者的身份乘飞机到了德国柏林，留洋生活12年。

艳艳是从我老家佛坪走出的明星，想到这我实在感到豪迈。1985年10月19日中午，佛坪野生动物保护站职工陈玉贵、高本周冒雨在蔡家沟山林巡逻，在北坡朝阳一个扇形崖洞中，发现了熊猫妈妈和幼仔。母熊猫周身发抖，幼仔仅会蠕动，嗷嗷直叫。县、局领导带领兽

医、工作人员，驱车70多公里，步行30多公里，赶到现场。长方形的洞顶不停滴着水珠，洞底凹处有积水。他们首先祛湿，同时投放竹叶、甘蔗、甜稀饭、水果糖，引诱母熊猫进餐。幼仔从有声到微声，从蠕动到微动，情况十分紧急。他们决定将它捉出洞外人工饲养。

熊猫妈妈病饿交加，没有能力护仔，幼仔被顺利地抱出洞，放进一个垫着棉衣的竹篮。它饿极了，含着用竹叶卷成的"奶嘴"，"咕嘟咕嘟"一气喝完了300毫升奶汁。压在人们心头上的石头，这才落了地。

幼仔由人工饲养，母熊猫却滴水未进。他们反复投食，它才伸出右前肢抓住甘蔗吃起来。5天后，母熊猫抛下孤苦的女儿，离"家"出走，再没回来。人们只得将它运回县野生动物保护站进行抢救、饲养。每天定时做健康检查，采集尿液、粪便，到医院化验寄生虫、虫卵、血液，记录大小便形态、数量、次数、时间。艳艳度过了危险，健康地成长起来，两月龄时重4.17公斤，一年后长到60多公斤。

大家亲昵地称它为艳艳。1987年，艳艳来到筹建中的陕西珍稀野生动物抢救饲养研究中心。工作人员特别宠爱，对它是有求必应，渐渐地把它宠成了一个贪吃的孩子。艳艳发育得太丰满了，肚子又圆又大，远远看去像一个黑白相间的皮球，动作麻利，爬树敏捷。想吃东西的时候，一双眼睛深情地盯着你，没人忍心给它减肥。

1995年，李鹏总理出访联邦德国，应科尔总理的请求，选送一只大熊猫到德国柏林动物园合作繁殖。满了10岁的艳艳，娇憨可爱，被选中出使，赢得了德国人民的欢迎和喜爱，可谓魅力"倾国"。艳艳被人们捧在手心，一举一动受到媒体极大关注，每年当地媒体报道它的新闻达100多条。许多游客专程来看望这个"镇园之宝"。有些柏林人天天来见面,对其熟谙程度甚至超过专家,还有些参观过的外国游客念念不忘,回去后不断写信询问。

柏林动物园把艳艳视作"掌上明珠",给它的卧床安装自动显示秤,随时掌握体重数据,供喂食时参考。每天吃的竹子,是定期从法国专机空运的,还要经过冷藏消毒,保证食物新鲜卫生。艳艳进食的模样最逗人,懒洋洋地躺着,抓起一根竹竿,把叶子一片一片摘下来,卷成大拇指粗的卷子,喂进嘴里,有滋有味地嚼着。咥饱了,就四仰八叉躺下来,将脊背贴在地上,眼睛微微闭上,嘴巴却张开,伸出粉红色的舌头,悠闲极了。

艳艳让德国认识了中国,知道了陕西,了解了秦岭大熊猫。四川大熊猫的名气太响了,柏林动物园介绍艳艳籍贯时,想当然地说成四川。陕西珍稀野生动物抢救中心工作人员指出后,德国人惊得瞪大了眼睛,疑惑地问:"陕西还有大熊猫?"得到肯定的答复后,他们修改了艳艳籍贯,还与中心开展了许多学术交流活动。

"不孝有三,无后为大。"这是中国人曾经吊在嘴边的话。繁育后代是人间大事,更是"猫界"大事。柏林人最渴望艳艳成家立室,生儿育女。结果让人失望,直至死前,艳艳都未圆母亲梦。它的爱情不顺,没觅得两情相悦的"丈夫"。艳艳性成熟时,陕西珍稀动物中心没有育龄雄性熊猫。柏林动物园希望它与宝宝谈恋爱,把它俩放在一块儿,却是强扭的瓜不甜,见面就厮打,宝宝还咬坏了艳艳前爪。没产生感情,还结了怨。艳艳恨宝宝,恨到了骨子里。它们隔笼相处,只要宝宝的气味儿飘过来,艳艳便愤怒不已,扑到笼边,疯狂啃咬铁笼栏杆,仿佛那冷冰冰的铁栏杆就是宝宝。宝宝倒没啥,却严重磨损了艳艳的牙齿。柏林动物园连续8年尝试对其人工授精,都没取得理想效果。

与艳艳相比,年长5岁的宝宝"桃花运"也差得很,第一个女朋友死了,两次相亲不成,见面打架,弄成了仇人。20世纪70年代末,它和雌性天天被当作"国礼"赠送德国。4年后天天感染病毒死亡,柏林动物园只剩下"单身汉"宝宝。为给宝宝找媳妇,园方是费尽了心思,整了个"千里联姻"。把它送到伦敦动物园,与明明相亲,又上演了和艳艳相亲时的一幕,见面就伸胳膊踢腿,差点儿酿成"命案"。

艳艳到柏林两年后,陕西省珍稀野生动物抢救中心原主任赵斌健到德国回访,发现艳艳的臼齿发黑,磨损得很厉害,不是这个年龄段应有的。配膳室放着一大桶糖,他立即问,怎么给吃这么多糖。园方解释,是掺在饲料中喂的。艳艳爱吃甜食,赵斌健知道的,他还是叮嘱道,不能喂食得太多啊。

赵斌健盼着能领回艳艳,让它吃上适口的竹子,但等来的却是噩耗。2007年3月27日,艳艳突然死了,时年22岁,相当于人的50多岁,年龄不大,实在可惜。解剖认定为急性肠道堵塞。故去当天,前来参观的德国小朋友还带来它最爱喝的小瓶装德国产烈性酒。

艳艳的死迅速抢占德国媒体头条,报道称艳艳爱喝酒,爱吃巧克力。园方觉得很委屈,否认"糖、酒致死"的说法,不承认艳艳有酗酒、嗜甜的毛病。

12年里,"娘家人"除了知道艳艳没能生育,几乎不掌握它的身体状况。园方与中国方面联系过艳艳的生育问题,没有交流过其他情况。"艳艳身体一直很好,唯一的遗憾就是荷尔蒙状况不是很好,一直不能生育。前几年我们想了很多办法,给它药物治疗,但测试它的激素水平，一直没有起色。每次试用一种办法就会给中国林业部打报告。但是后来，艳艳的病一直没好转，我们就没怎么跟中国联系了。并没有硬性规定我们多久汇报一次。"兽医安德利亚斯说。

艳艳的遭遇，恐怕是海外大熊猫普遍面临的窘境。国外动物园把大熊猫当宝贝，精饲料喂得过多，胖乎乎的，毛色很漂亮，野外容易得的寄生虫病没了，但它们的繁殖能力却退化得厉害。消化不良、便秘也找上门来，胃肠道疾病成为海外大熊猫的高发病。有专家说，要是国外动物园能够加强与国内饲养一线人员的交流，用国内较自然的方式饲养，会更有利于熊猫的海外生活。

艳艳是以"交流"名义出国的，价格比"租借"低。园方希望沿用这种便宜价格，再从中国置换一只能够生育的雌性熊猫，没有如愿。按照合同，2000年艳艳就该回来，但它被续约3次，最终也没能回家。

有观点认为，大熊猫出国至少有三个好处：既满足了热爱大熊猫的海内外民众的心愿，又可以提高全人类对大熊猫危险处境的认识，还可为保护大熊猫募集资金。

这都是从我们自身考量的。留洋大熊猫的苦乐悲欢，只有它们自己最清楚。艳艳的命运，便是大熊猫海外军团的缩影。

英雄母子
▼

英雄母子

1

当我踏上华阳这片土地时，美丽的春姑娘已抢先到达这儿半个月，她走得有些累，得歇息一阵，梳妆打扮一番，然后去拜访那些新朋老友。可她的朋友们早都等不及了，有些草儿已经露头，有的花儿开始微笑，有的树木悄悄发芽，鸟儿们忙活起来，动物们走动起来。随意走进一条山谷，只见乔木、灌木、竹林密密麻麻铺到山顶，虽然还是一片枯黄，却有秦岭冷杉、华山松穿着一身绿装，更有欢唱的鸟儿、奔跑的兽们，纷纷赶来凑着热闹。

大熊猫 PANDA
我的秦岭邻居

我的眼前是一片绿意盎然、生命欢腾的景象,这不是幻觉,是三个月后的真实呈现。我又想起一个人——北京大学生命科学学院教授潘文石教授,潘教授带着学生在秦岭华阳跟踪研究大熊猫13年,以荒野为家,战胜了无数常人难以想象、无法忍受的困难,最终将秦岭大熊猫推向了世界,他自己也成为这一领域的泰斗级人物。

如今,潘文石教授已离开秦岭22年,由他推动建立的长青保护区走过了25个年头。当年协助他科考的两人之一的向帮发已退休28年,而另一人——向帮发的儿子向定乾还在华阳坚守。潘文石教授的研究对象、让他一举成名的大熊猫朋友娇娇终老于动物园,它的儿子虎子也已去世好几年,但这对英雄母子的故事还在流传。

"时间是生了翅膀的,在飞啊。"见到向定乾的那一刻,我就自语了这句话,一种莫名的感伤像爬山虎倔强地上了墙。

华阳(吕秀齐 摄)

这个清瘦、中等身材的中年汉子,19岁来到华阳,给潘文石教授团队做向导,能吃苦,肯学习,经常与野生动物打交道,掌握它们的习性,把自己长成大熊

采访向定乾

猫研究界一棵大树。还习得超棒的摄影技术,坚持用图像和文字记录大熊猫等各种动植物、华阳生态变化的点点滴滴。他是极有个性的,去年加了他微友,见他朋友圈照片好,就忍不住下载保存。时间长了,记不得是谁拍的。手痒痒时发了朋友圈,想着是推介秦岭动物,用了几个微友的图片,就没有注明拍摄者名字。谁知遇到了较真者,向定乾立即给我留言"没想到教授也盗图",随即删除了我。我是敬重有才有个性的,老向有才,自然要与常人不一般。这次见面专门做

向定乾与大熊猫希望 (向定乾 提供)

了解释,他也就一笑了之了。

我们的谈话是从娇娇母子开始的。多年前的事,经向定乾道出来,依然那么鲜活,像是秦岭山谷里的小溪,清澈着,透亮着,欢笑着……

老向的父亲向帮发,是长青林业局老职工,家在太白县二郎坝,与长青林业局机关所在地华阳镇直线距离不过80

里。1966年从部队复员,第二年刚筹建的长青林业局派人徒步到二郎坝招兵买马,就把他选中了。

那时华阳山上活跃着野猪、黑熊、羚羊、麂子等,向帮发当过

向帮发老人(向定乾 提供)

兵,放过枪,枪法准,当时政府又不禁止狩猎。他就在工作之余上山打猎,渐渐地熟悉了山间地形、动物习性,叫得上各种动物名字。正是这个"特长"改变了他的人生轨迹,使他从一个动物杀戮者转变为保护者。这得归功于一个人——北京大学潘文石教授。

1985年潘文石教授先是到佛坪保护区开展大熊猫研究,哪知出师未捷,爱徒曾周不幸摔落悬崖牺牲。迫于各种压力,只得转战华阳长青局。很幸运的是,他的研究得到长青局的鼎力支持,向帮发被派去当了助手。美国人赠送给潘文石教授一支莱福麻醉枪,便挎在了向帮发身上。他就用这支枪,麻醉了潘文石教授需要的大熊猫个体。随后的12年里,向帮发尽心尽力帮着潘文石教授完成了一个个研究计划,见证了英雄的熊猫母亲娇娇和她的四个孩子虎子、希望、小三、小四的成长历程。《继续生存的机会》出版后,潘文石教授寄赠给他,在扉页写道:"亲爱的帮发惠存,我永远记住你在研究全过程中给予的帮助和指导。我和研究生珍惜同你的每一份友情,并在此向你致以良好的祝愿和亲切的问候。"

大熊猫居无定所,随处走动。山林密实,便于隐藏,加之听力又

好，往往人还没靠拢，它就已经溜走了。如果能抓住一只，佩戴上无线电跟踪项圈，那就好办多了，但这并不是想象的那么容易。最初潘文石教授和向帮发两人在冰天雪地里寻找大熊猫踪迹，做笼子、设陷阱，翻山越岭，奔波一天也没收成。常常是饿着肚皮回到营房，架火烧饭，互相鼓励，把期望托付于明天。

向帮发后来说，他们低估了大熊猫的能力，木笼子是关不住外表温柔内里强悍的大熊猫的，只用爪子挥打几下，就可以砸烂笼子，跑回山林，幸亏后来有了麻醉枪。许多天以后，他们终于在白杨坪的竹林里发现了一只熊猫，八九十斤重。惊喜中掺杂着失望，潘文石教授想要麻醉一只更大的个体，但这些天连只小的都没找到，这次机会不能放过啊。向帮发奉命开枪，击中这只亚成体。它瞬间昏迷了过去，刚把项圈给它佩戴在脖子上，它就醒了过来。猛然看见围在身边的人，吓得不轻，本能地爬起来。麻醉药效没过去，还是昏昏沉沉的，它跌跌晃晃地迈开步子，却被脚下的倒木绊了一下。放在平时算不了

熊猫信步长青（向定乾 摄）

啥，这时却稳不住身子，摔倒在雪地里，四仰八叉地乱踢腾。这副窘样逗得人们哈哈大笑，它是雌性，人们叫它娇娇。

哪知娇娇刚离开，一只健壮俊秀的公熊猫闯入眼帘，可是没有了麻醉弹，潘文石教授懊悔得直跺脚，只能眼睁睁地看着它悠然而去。许多时候，最初的选择往往是最好的，这话应验在了娇娇身上。他们先后给8只熊猫麻醉戴上项圈，可只有娇娇成了潘文石教授最理想的研究对象。

漫长的等待后，1989年3月，5岁的娇娇发情了，躁动不安，疯狂奔跑，在竹林中绕圈旋转，在溪中撩发，爬上大树，翘首张望，痴情地涂擦自己的气味。有三四只雄性大熊猫响应"召唤"。经过一场求偶"擂台赛"，一只最坚强雄壮的大熊猫把娇娇带进竹林深处完婚。经过短短的几天的"蜜月"，娇娇怀孕后就各奔东西。

怀孕的娇娇胃口很好，啥都吃，玉米、蜂蜜、肉、竹笋、竹叶、竹茎，都摆上了它的餐桌。竹子依然是它的最爱，吃起竹茎来就像人吃甘蔗，撕掉表皮咀嚼里面的肉和汁。向帮发曾学着它，撕开竹茎表皮一嚼，竟然是甜甜的味道，难怪它吃得这么香。有一次，向帮

发现娇娇的那片林子　（向定乾　摄）

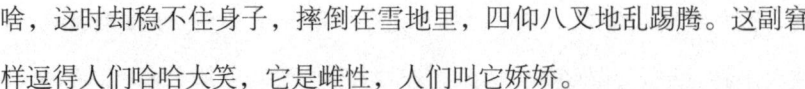

发跟踪娇娇来到一片竹林,听见它在吃东西,咬得叮叮咣咣响,好奇地跑过去看个究竟。原来娇娇在啃一块野猪骨头,用两只前爪抱住骨头,用尖利的牙齿咬碎后囫囵吞下。向帮发轻轻摸摸它的头,柔声道:"你慢点啃,甭把牙齿咬坏了……"可是娇娇不管不顾地大咬大嚼,温顺得像他家养的羊。

向帮发怀抱熊猫仔仔（向定乾　摄）

多年以后,他还时时惦念着老朋友娇娇,提起娇娇就像是说自家出嫁的女儿:"那可是个好母亲呀,生养了那么多的儿女,个个都很健康漂亮,子女们还能在它的身边和睦相处,大的护着小的,就像一户人家,母亲贤惠,子女就很懂事,也有出息。"

谈到潘文石教授,向帮发更是敬仰,满怀深情地说:"潘教授是个好人,秦岭山区那么艰苦,生活条件也不好,他都付出了,可下面的工人还是骂潘教授,说砸了自己的饭碗;可要是没有潘教授倡议建保护区,山上的树都砍完

潘文石、吕植与向帮发观察竹子（向定乾　提供）

了，不是彻底没有饭碗了吗……"

就在娇娇大儿子虎子出生那年，向帮发第四子向定乾，子承父业，来到长青，协助潘文石教授，虎子的故事就与他的生活同时出场。

当年8月中旬，潘文石教授和他的研究生去了国外，向定乾执行着监听戴颈圈大熊猫发回电报的任务。在跟踪器的耳机中，他发现娇娇连续三天定位仪接收到的频率都与原来的不

娇娇与虎子（向定乾 摄）

同。这可是从未有过的事，意味着娇娇生了病，或是出了意外。他焦急得不行，第二天一大早直奔水洞沟。经过定位，很快发现了娇娇半躺在岩石下面的枯枝烂叶上，怀里抱着一个全身粉红色、长满白色绒毛的小仔，眼睛紧闭。小仔尾巴占了身长的四分之一，像个小耗子似的。娇娇生头胎，毫无准备，仓促做了妈妈。

这是他第一次在野外看到大熊猫产仔。他知道这件事的重要性，马上打电话向林场和局里汇报。长青林业局给北京大学发去电报。两个星期后，9月初的一天，北京大学派来了一位摄影师。第一天向定乾冒着大雨领摄影师上山，娇娇和儿子却搬家了。第二天仍是大雨，摄影师苦瓜着一张脸，话都不愿说了。第三天，林场派车送他们下山，到华阳，天也放晴了。时任华阳林场场长郑松峰，劝这位摄影师再作一次努力。摄影师又回到水洞沟，从上午9点到中午12点，好多人一起出动，硬是

没找到。定位仪发出的声音越来越强烈，一股竹腥气味儿迎面扑来，可以断定娇娇就在附近。可是周围的竹子并没有太多咬节的痕迹，也没有发现新鲜的粪便。又是两个小时过去了，还不见娇娇的踪影，满头大汗的向定乾都打算放弃了。但他不甘心，再次仔细观察，惊奇地发现一棵铁橡树上有熊猫向上攀爬的印记。树上没有娇娇的身影，但一个粗大的枝杈伸向靠近山崖边的一个小洞。要是不留心很难发现，上下树的唯一通道便是这个铁橡树。他爬上去一看，眼前的情景让他喜出望外，娇娇和小仔都在里面。娇娇太聪明了，竟然给母子俩找了个这么隐蔽的石洞。娇娇不吃不喝咋能熬过两周？向定乾后来积累了经验，才想出了原因。原来，娇娇当了妈妈，为了呵护好宝宝，日夜守护在身旁，基本停止了进食，不断整理小仔绒毛。同时将宝宝的排泄物吃掉，借以维持体能。

摄影师一听，脸上有了笑容。那石洞的位置非常险要，前面就是万丈悬崖，人无法到它正面拍。只能爬到石洞上方，用绳子系着相机，利用自动拍照功能。向定乾至今记得，那摄影师站在石洞上面，身上一个劲儿地哆嗦，紧张到了极点。娇娇只是平静地望了相机一眼，就不再理识。这是个雄性，被潘文石教授命名为雪虎，后来顺口叫成虎子，是娇娇家老大，也是其家族繁盛的开始。

娇娇是中国最著名的熊猫明星，也是多产的英雄母亲。几乎每隔一年产一胎，11年里生育了6个孩子，又添了孙子，可谓"子孙满堂"。娇娇和它的孩子们都是"新闻人物"，通过潘文石教授的学术交流及媒体报道，流传到世界各地，成为美国、法国、英国、日本、意大利等多国科学杂志的"封面人物"。

娇娇是个大明星，但它的晚景很悲惨，被剥夺了自由，陷入"牢笼"之灾。潘文石研究小组撤离长青后，保护区的人发现了娇娇和它的孩子。娇娇跑了，幼仔元元爬上了树——这本是正常的熊猫母子避险方式。追不上娇娇，他们就把树砍断，把元元捉起来，然后埋伏在原地，等娇娇回来找孩子时再抓捕。这哪能是保护熊猫的人做的事！他们就这么做了，居然被媒体吹捧成救助大熊猫的先进事迹，真是叫人无语。2003年吕植接受《绿色家园》记者采访时激愤地说："2001年的时候她被陕西省的人抓起来了，关在一个饲养场里。娇娇现在十六七岁了，被抓走的时候还带着她的第6个小仔。后来我们跟林业部反映，林业部和陕西省都强烈要求把娇娇放回去。得到的答复却是他们组织了'专家'进行评审，说娇娇太老了，不应该放归，有生命危险，而小仔是因为太小了也不能放归。"

这里就不详述希望、小三、小四、元元了，还是接着讲老大虎子

潘文石教授和向帮发给希望测体（向定乾　摄）

吧——

　　虎子头两个月长得很快，每天能长50克，简直是一天一个样。10月龄时就十分健壮了，体重达42公斤，长得虎头虎脑，活泼好动。研究人员准备把一个小型的无线电颈圈戴到它的脖子上时，它吼叫着并咬了那个人的手腕，看来不好惹，倒是般配了这个威风凛凛的名字——虎子。

　　虎子可爱乖巧，天生不怕人，被人抱在怀里时安安静静的，从来不像别的幼仔那样大吵大闹地要妈妈回来。趁着娇娇外出觅食，身着迷彩服的潘文石教授小心地钻进洞穴，为虎子称重。有一次与虎子待在一起，大家高兴过了头，竟然没发现娇娇已经站在附近盯着大家手中的儿子呢。大家都愣在那里，大熊猫是猛兽，哺乳期的雌性更加凶悍。虎子6个月大时，雌性熊猫水兰没留心走到娇娇领地，离虎子太近，娇娇立即自卫追打，把水兰额头都抓伤了。曾有一只狗熊贸然闯入，为保护正在哺乳的女儿希望，娇娇立即从洞穴中咆哮而出，奋力出击，把狗熊撵过四座山坡。但娇娇似乎知道人类动了善念，不再加害它们，只是望了望大家，就走进窝里，大家赶紧把虎子递过去，它伸出爪子，抓住虎子后脖颈，然后抱在怀里喂奶。

　　娇娇爱护子女是母爱的天性，但它得出去觅食，才能保证宝宝有奶吃。仔仔弱小，没有一点自卫能力，总会被一些不怀好意的家伙盯上。这时看似"打扰"它们的科学家，就担当起"哨兵"和"警卫队"。有一次，趁着娇娇离开，一只黄鼠狼造访洞穴。虎子还不会走路，看到凶神，顿时吓傻了，紧紧缩成一团，瑟瑟发抖。看着眼前的美餐，黄鼠狼的口水都流了下来，正要张开罪恶的嘴巴。潘文石教授他们及时赶到，毫不客气地将它赶走，阻止了一场血腥谋杀。

英雄母子

娇娇初做母亲，却十分称职，冬季来临时搬家，走到哪儿都把宝宝叼在嘴里。一旦坐下，就把儿子暖在怀里。随着宝宝长大，妈妈开始教它爬树、觅食、躲避天敌的生存本领。4月大时，妈妈教虎子爬树：它把孩子拽到一棵松树前，从它的鼻腔里发出轻柔的嘘声，用鼻子把宝宝拱到树干下面，示意它往上爬。虎子显得笨拙，但它很勇敢，一次次尝试，终于如了妈妈的愿。还采用逐渐减少哺乳的次数，来培养孩子独立捕食的能力。娇娇选择高大坚硬的巴山木竹，从根部咬断，把它平放在地上，以便让宝宝吃到顶端最嫩、最可口的竹叶。虎子的牙齿还不锋利，咬不烂竹叶，只是玩耍般地把竹子抓在爪里啃咬。当它越来越感到饥饿时，那手中的"玩物"便不知不觉地变成了食物。

虎子1岁时，它和妈妈一起走进附近的巴山木竹林中。妈妈刚一坐下，虎子便过来寻找乳头。这一回，妈妈不许了，伸出一只前掌，把孩子推得远远的，迫使孩子坐下来，咬啃竹叶。妈妈让儿子坐在身旁开始学习吃竹子的技巧，儿子按照妈妈的样子，用它的左前掌握住一株低矮的竹子，把它弯过来，送到嘴边，用牙齿将竹叶一片片地咬下，积累在嘴的左角成一小撮，再用右前掌把竹叶卷成一个筒状物，然后像吃煎饼一样，一口一口地送进嘴里咬啃和咀嚼起来。

有一年向帮发陪着一位美国朋友上山，他看见了虎子，说："虎子你在吃竹子呢？"虎子正捧着它的美餐津津有味地吃着，闻言哼哼了两声算是回答。他和那位美国朋友给虎子掰竹笋，直喂得虎子腆着圆圆的肚子，胀得喘不过气来。它向他们挥着爪子，那神态像在说："我不能再吃了，撑死啦！"

虎子四岁半的一天，潘文石教授的研究生朱小健坐在地上做观察

向定乾与虎子（向定乾 提供）

记录，虎子大模大样地把大爪子搭在她膝上，潘文石教授吓得赶忙抓起一把竹子递过去。虎子接过来，一屁股坐到她身边，有滋有味地嚼起来。这是野生熊猫，不是动物园里逗人玩、惹人爱的熊猫。他赶紧把小健叫到一边，狠狠批了一顿："熊猫再友好也是野兽，万一咬你一口呢？"小健委屈地哭了。过了不久，给虎子喂药时，塑料袋不小心落进嘴里，小健全然忘记老师的警告，毫不犹豫地把手伸进去掏了出来。

6岁的时候，虎子长成一只体魄健壮、身材魁梧的成年熊猫，体重达125公斤，成为同类里的霸主、"猛男"。"擂台赛"很残酷，那是玩命的活，往往都得吃亏，只分大小而已。虎子打败了竞争者，但它的耳朵被撕裂。它的愤怒像火山一样爆发了，要不是"情人"突然离场，它一定会痛下杀招，让对手死得很难看。

虎子天生虎胆，仿佛它脑子里就没有"惧怕"两字。虎子在河边喝水时，与一头花斑大豹狭路相逢。虎子发怒了，全身的毛都竖起来，咆哮着凶猛地冲上前，脸上的每根毛发都直立起来，整个头部足足有一个脸盆那么大。有"林中之王"之称的豹子惊惧交加，掉头就跑。胆子大了，就不怕事，甚至爱惹事。虎子经常把林业工人买的肉偷偷吃掉，那些人就找潘文石教授要钱。"大熊猫以竹子为食物，每天不停地吃竹子，吃几十斤才吸收到一点点能量，它不是不想吃肉，是吃不到。"潘文石教授说。

虎子遗传了妈妈的勇猛智慧，但也承领了老人家的苦悲命运，只是最终结局有了幸运之神的垂青。

两岁时，虎子离开妈妈独立生活。身体壮实，体重达到75公斤，这天它翻过山脊来到森林边缘，被一条钢索牢牢地套住了右前脚，所幸潘文石教授他们通过无线项圈将其解救。谁知这是虎子不幸的序幕。虎子养好伤后，被救护中心送到动物园，在那里饱受"电刑"，最终被潘文石教授救回华阳山林。

潘文石教授把虎子的噩梦写进《我和熊猫虎子》里，他的文笔是那么优美，又是那么忧伤，让我看到一个科学家所具有的悲悯与良知：

"当虎子2岁9个月的时候，身体壮实了许多，体重达到75公斤。在一个挺平常的月夜，虎子翻过山脊，顺坡而下，悄悄地走到了森林的边缘。它沿着一条被野猪踩踏出来的小径走向河边，就在它打算钻出竹林的刹那间，一条钢索牢牢地套住了它的右前脚。虎子一下慌了，拼命挣扎着，但是索套越勒越紧。虎子围绕拴着钢索的树，不停地兜着圈子，周围的竹子和灌木都被钢索夷平了。

"自从虎子走进那条靠近山村的河谷,我们便用无线电接收机对它进行昼夜监听。我们估计虎子可能遇到了麻烦。第二天一大清早,我和助手、向导以及两位民工依靠虎子颈脖上的无线电发射器发出的信号的指引,赶到了虎子出事的地点。

"我从药箱中取出一支麻醉针管,吸进相应量的麻醉剂之后,装在吹管内,在离虎子约5米的地方,用嘴使劲一吹,麻醉针准确地射进虎子的肩部。4分钟之后,虎子睡着了。我们一起为虎子检查身体。向导扶住虎子的右前掌,两位民工尽快地松开那条深深勒着虎子皮肉的钢索。虎子皮肤上的毛被磨去了一大片,一处皮肤还被划开一道小口子,沁着血珠,周围的皮肤充血,肿了起来。

"虎子醒了之后,向导把一根根剥了壳的笋肉递给虎子,虎子用左前掌接住,不停地咀嚼着、吞咽着。我在一旁注意观察虎子吃食的动作,发现虎子受伤的右前掌的运动有障碍。我们把虎子轰赶起来走动,但虎子只能用3条腿走路,右前掌不敢着地。我拉住虎子的右掌,轻轻地抚摸着,当摸到它的腕部时,我发现有一小块骨头似乎有错位现象。

"'我怀疑它的右腕部有一块骨头不是错位就是骨折了,'我说道,'我要向有关部门打个报告,把虎子转移到某个动物园的救护中心去治疗一下。'说话之间,我已经拟好一个把虎子从山里转移出去的电报。

"虎子被转移到救护中心,经过X光透视和拍片检查,发现虎子的一根腕小骨折断了,一个掌骨与腕小骨间的关节错位。3个月之后,虎子完全恢复了健康。因为野生熊猫是人们很不容易看到的,所以救援中心的人计划把它送到动物园。

"虎子苦难的生活开始了。

"虎子在昏昏沉沉之中被人用卡车从救护中心运到了动物园,被囚禁在熊猫馆里。虎子卧在冰冷的水泥地上,时而发热,时而寒战,时而惊醒,时而昏睡。当它完全睁开眼睛时,才看清自己被关在一间完全不通风的房子里,室内空气是从挂在墙上的一个小盒子里吹出来的。虎子四肢和腹部被淹在自己的尿液里,旁边还有几团粪便,这是昨夜在昏迷时失禁造成的。

"虎子已经有三天不曾吃东西了。为了维持生命,它必须忍着厌恶的心情,站起来,走过去,从地上捡起一根胡萝卜,放在鼻子旁边,仔细地闻了之后才吃下去。

"3月下旬的一天,温暖的阳光照射到虎子的运动场上。它正在睡觉,朦朦中听到一些轻盈的声音,闻到一些令人愉悦的气味。

"通往旁边另一个运动场的铁门打开了,虎子看见了一只成年的雌熊猫。从远处看,那只雌熊猫还有几分姿色,但当她摇动柔软的腰跨过铁门进来时,虎子觉得这是一种丑态。虎子转身便跑,雌熊猫紧跟其后,穷追不舍。虎子被追赶得无路可逃时,只好坐在一个角落里。雌熊猫走过来,伸出一双手打算去摸虎子,虎子不禁大为惊骇,同时也感到愤怒,因此对她咆哮了起来,并用前爪去打她……

"虎子冷漠的态度立即招来麻醉之祸。当虎子转身时,一枚带羽毛尾巴的注射器飞了过来,扎进虎子的屁股。几分钟之后,虎子被麻醉了。一个穿白大褂的动物园兽医师手执一根像玉米棒一样的东西,插入虎子的直肠,然后便通上电,再拿一个杯子来收集虎子因受电刺激而排出的精液。在接下来的三天中,虎子每日都要经受一次'电刑'。然后躺在冰冷的卧室里呻吟,虎子咬紧牙关忍受着令它厌恶的

向定乾喂熊猫竹子（向定乾 提供）

生活。

"日子一天一天地过去，虎子在孤零零的生活中度过了漫长的冬夜，春天来了。

"我们站在囚禁虎子的铁栏杆旁，几位同行者轻轻呼唤着虎子的名字，眼里含着泪水。看着虎子茫然地坐在地上，对我们的呼唤无动于衷，我的助手建议我用口哨吹响曾在野外对虎子吹奏的歌曲。虎子听着听着，不禁微微仰起头来，眼里迸射出快乐的光芒，激动地发出轻柔的"咩咩"声。向导说：'虎子在笑……'

"我们把虎子带到秦岭。当汽车的门一打开，面对高高的山，清清的水，绿绿的树，虎子一下子就明白了，它张开四肢，跳跃着奔向了它出生的山谷……"

2004年虎子满15岁，进入了老年，它那争夺交配权的霸主地位已被代替。但它依然按照族规巡视地盘，标记树干，散发气味，做完这些"功课"，放心地钻进竹林觅食休憩。

对于大熊猫来说，保护自己的领地也潜藏着风险，即便打赢了也可能受伤、致残，甚至伤口感染致死。它们留下标记，暗示其他同类这个地方有主人了，尽量减少无所谓的战争伤亡。

向定乾还记得2005年带着记者看到虎子的情形：4月20日中午，向定乾在山王庙哨所发现一只成年熊猫，刚睡醒的样子，看到陌生人转身准备钻进竹林。一看要溜，他赶紧"唉——唉——！"地学起熊猫叫。这一招管了用，熊猫立刻站住，打量观望。他就地拔了好几根新鲜竹笋，凑到它身边，熊猫用鼻子闻了闻，刚要动身离开。他又哑嗓儿"唉——唉——"叫唤起来，它的紧张又被打消了，开始吃起他递来的竹笋。

这只熊猫咋这听话的？他下意识地仔细观察，当他的目光盯向它的耳朵时，那里有个缺口，不禁"虎子、虎子"地叫出了声。这不就是16岁的虎子嘛！虎子听出是自己人，半躺着，接过老朋友递来的笋子，麻利地去皮，将鲜笋放进嘴里，没等嚼完，就抓住下一个递来的竹笋。很快，他手中的笋子吃完了，就又去拔。虎子吃在兴头上，突然没了竹笋，又找不到老朋友，站起身冲着正在录像的记者沈伟走来。

沈伟哪见过这场面，情急之下顺手掰了两个笋子递过去。喂一次，它起身靠近一点，眼看着沈伟没了退路，吓得心跳到嗓子眼，生怕虎子没了笋子吃，会扑过来。像个木鸡，呆立在虎子面前，虎子"呼——呼——"的喘气声响在耳边，鼻子里的粗气直喷过来，带着点腥味。就在这时，哑嗓儿的"唉——唉——"声由远及近飘来，虎子抬起了头，转身奔向向定乾。这次他拔了更多的竹笋，一边喂着，一边对话："你还认识我吗？好长时间不见了，我们是老朋友，这是位新朋友，来看你来了……"渐渐地，虎子安静下来，时间悄悄滑去，录像带也拍了两盘。虎子吃得很带劲，肚子鼓起来，头也歪了在一边，仰躺着，一会儿扯起了鼾声。

我问向定乾，虎子还在吗。他说，野外生存环境恶劣，又受到寄生虫、疾病的侵袭，野生大熊猫也就活个20岁左右。虎子应该走了好几年了，它是生死都在华阳，比它妈妈幸福多了。

如今，潘文石离开秦岭，向帮发退休多年，娇娇母子也早走了，只有向定乾依旧守在长青，行走于山林，与大熊猫为邻，与大自然为友。

（本文的写作参考了潘文石《熊猫虎子》、陈旭《向帮发见证娇娇12年》等作品，特此致谢！）

体型差距悬殊的熊猫母子

你肯定想不到，刚出生的大熊猫宝宝全身粉红、只有稀疏胎毛，像只小老鼠，与妈妈的体型太不般配了。这么小的幼仔，动物园里有人帮着生产养育。到了野外，只有熊猫妈妈管孩子了，宝宝们的命运真的令人忧心……

详情请扫码阅读了解。

逃跑公主

▼

逃跑公主

/

雪白的鼻梁上天生一轮晶莹的黑月牙,太白县温顺美丽的"白雪公主",五岁那年开始上演一个又一个传奇故事。

1993年10月2日下午,秦岭深处的太白县迎来入冬后的第一场大雪,一只生病的大熊猫困在了二郎坝乡牛尾河村。时任县野生动物保护站站长任建设闻讯前往救助,汽车开到黄柏塬乡,众人踏雪前行40多里山路,在农民的玉米地窝棚找到了它。

雪后的大地一片苍茫辽远，白雪莹莹，人们亲切地称它"白雪"。它的身子极度虚弱，见有人过来，挣扎着躲进草丛，再也跑不动了。村民纷纷赶来帮忙，七手八脚按住它，捆绑住四肢，放在一床棉被上面。四个壮小伙各拽起一角，提着往山下走。一条小河挡住去路，过不去了，大家砍来树枝扎了一副担架，将它抬到黄柏塬，又辗转运到太白县城进行治疗。

人们检查发现，它身上爬满血蜱，捉下来足足有两捧。服了驱虫药，逐出大量蛔虫和虫卵。内外寄生虫侵扰，它的身子几乎被掏空。第3天，它被运送到楼观台陕西省珍稀野生动物抢救饲养研究中心，接受进一步治疗。

1994年，苏州市上方山国家森林公园三年大庆。白雪青春年少，身体健康，天生一轮黑月牙，受到园方邀请。8月16日庆典活动这天，白雪被安置在由钢筋围栏组成的六棱形室外活动场里，接受游人满怀惊喜的观摩。也许是长时间面对人群感到不适应，或许是天气炎热太烦躁，下午2点45分，白雪突然爬上3米多高的钢筋围栏，顺势攀上附近屋顶。饲养员范培忠急忙上前阻止，白雪顺手抛下一些瓦片，唬得众人不敢靠近。

陈旧的屋顶在重压下轰然倒塌，白雪也被重重地摔倒在地。范培忠急忙扑上前去，从身后紧紧抱住，呼喊其他人帮忙。众人哪里见过这阵势，没有人敢上前。从屋顶摔落时白雪已经受到惊吓，再被人从身后这一抱，惊恐之中，拖着他跑出去几米远，奋力把他甩在地上，头也不回地窜进几百米外的上方山，很快就没了踪影。

范培忠并没有太慌张，在他心目中，白雪一直是个性格温顺的小姑娘，从来没见她发这样大的脾气。范培忠坚信白雪会自己找回来，便叫人在其逃跑路线上摆满它最爱吃的牛奶苹果，排出去好几百米。他一遍又一遍呼唤，白雪却迟迟不归。

白雪逃进上方山的消息一下子炸开了锅，成了苏州市街谈巷议的大新闻，引起当地政府的高度重视。一位副市长和秘书长坐镇指挥，甚至调动部队，当地公安局调来一只警犬，在上方山开展拉网式搜寻。每人间隔不到20米，整整一天，依然毫无结果。

范培忠慌了神，知道自己一时疏忽，捅了大乱子，赶紧给陕西这边汇报，研究中心负责人杨德夏闻讯立即带人赶赴苏州。

白雪这次出逃，似乎是经过了精心策划。上方山这片山林占地面积2.8万亩，四周被公路围住，前些年在山上撒播箭竹种子，经过10多年的封山培育，漫山遍野铺满密密麻麻的箭竹。大熊猫是以竹林为家，白雪显然找到了一个十分理想的栖居场所。

丢失国宝的责任天大，要不惜代价找回来。首次千人大搜寻行动无果，当地留下50多名专业人员，对上方山所有隐蔽地点逐个排查。随着时间推移，搜救队精简到15人，不分白天黑夜地寻找。

白雪出逃后的第10天，南京警犬研究所的4只专业警犬加入进来，其中一只还在国际比赛中取得好名次。它们苦苦地找了一个星期，依旧没有一丁点线索。

苏州电视台每天滚动播出"寻猫启事"，同时播发白雪视频资料，悬赏万元征集线索。公安机关还给15名专业搜救人员配备了对讲机，使用频率和公安系统保持一致，确保得到消息后能以最快速度采取行动。同时，市县乡各级政府发动方圆10公里内的群众，全民动员展开搜寻。

陕西野生动物管理站副站长徐振武、具有丰富跟踪经验的佛坪保护区专家雍严格前来增援。专家们仔细研究了这里的地形地貌，设计出80条最有希望的搜寻线路，又搜寻了一个多礼拜，还是没有任何发现。

所有能找的地方都找遍了，所有能想到的办法都用遍了，白雪就像谜一般消失于茫茫竹海。

就在人们感到无望时，希望之光突然闪烁。10月24日，上方山铆钉厂职工在山下一个干涸的池塘边发现了可能是熊猫的粪便。专家们迅速赶去，果然是白雪的粪便，而且是一周之内留下的，从形状和颜色判断，它的身体状况非常好。当天晚上，搜救人员在发现粪便的地方监听，从山坡上传来白雪掰咬竹子的声音。

聪明的白雪和人们玩起了捉迷藏。第二天早晨，园方组织100多名职工，对发出声音的地方展开地毯式搜寻。南京的4条警犬再次前来支援。总算发现了白雪取食活动的痕迹，并把目标锁定在一个较小范围。谁能想到，白雪竟然把藏身之地选在离人类活动最近的地方——一个步行5分钟就能登顶的小山包，那里长满湿地松、竹子。左边有个靶场，终日枪声不断；右边是个挖土工地，昼夜机器轰鸣。深谙最危险的地方往往最安全，就在这个弹丸之地，瞒过一次又一次搜寻人员，与人们周旋了一个多月。

12月15日，白雪走投无路了，困在距上方山3公里的农田，被一群挖鱼塘的民工逮住。杨德夏他们闻讯，立即带着铁笼子和麻醉枪赶赴现场。原以为要费一番周折，哪知铁笼一打开，它便毫不犹豫地钻了进去。体检发现，除了一些轻微感冒，没有任何毛病。天呀，真不知它是怎么度过这81天的，"白雪公主"是太聪明，太坚韧了。

3

白雪回到楼观台陕西省珍稀野生动物抢救饲养研究中心，渐渐出落成一个亭亭玉立的"大姑娘"。转眼到了谈恋爱的年纪，却找不到白马王子，总不能让"公主"空守闺房。1995年3月，原国家林业部"牵线搭桥"，把"白雪公主"嫁到四川卧龙中国大熊猫保护中心。不少圈养熊猫"不谙风情"，不懂"谈情说爱"，工作人员给播放交配录像，或叫它们现场"观摩"。白雪却是无师自通，对于男欢女爱的事像是秦岭里的杜鹃花，那颜色是自染的。1997年顺利怀上头胎，生下一只雄性仔猫，被原林业部副部长王志宝取名琳琳；两年后生了龙凤胎，一雄一雌，朱镕基总理为之取名青青、秀秀；仅仅过了一年，又生出龙凤胎创创、珠珠，被誉为"英雄母亲"。

真是有其母必有其子，白雪的孩子也表现优秀。作为秦岭亚种与四川亚种的杂交，琳琳性成熟很早，是卧龙最强壮的"猛男"。琳琳与卧龙美女雷雷相好，生下名扬海外的赠台大熊猫圆圆，白雪当上奶奶。

孩子中最像自己的是儿子青青，野性十足，聪明透顶，性子暴烈。一般来说，圈养熊猫比较温顺，可接受饲养员的抚摸，青青却例外，绝不让人靠近一点。它就被单独关在一座小山坡上。曾四次打算出逃，都失败了，最终落得个郁郁寡欢而死。青青的身世还不一般，与首只放归的祥祥一个爸。有人说，青青更适合放归，它俩的父亲是大地。但母亲不同，祥祥的妈妈泉泉温顺，而白雪桀骜。青青遗传了妈妈很好的野外生活基因，却没有机会发挥，它的命运注定悲苦。

4

野性的基因植入了白雪的骨髓，对现世安稳的日子生不出兴趣，耳边时时回响着大山的召唤,"白雪公主"再次玩起了失踪。

趁着饲养员忙着打扫笼舍,白雪穿过3道铁门,翻过一道围墙,隐入卧龙的茫茫山野。此时,她已怀上香港大熊猫"安安"的"骨肉"。它走得义无反顾,毫不留恋"家"里那些好吃的牛奶、苹果。

哪知失踪4年后,白雪取食其他动物时被一根锋利的骨茬刺入牙床,感染发炎,痛苦难当。万般无奈之中,想起曾打过交道的人类,只好出山求援。2005年11月17日早6点多,顶着入冬的第一片雪花,白雪拖着病弱的身子,脚步迟缓,来到卧龙大熊猫保护研究中心附近公路,拉下好些粪便,徘徊良久,最终还是选择了离开,没有与赶来的人们打照面。

第二天一大早,冒着风,披着雪,白雪又来到这里。举目四望,天地苍茫,思量再三,还是割舍不掉山林,"公主"强忍疼痛,挪步返回。只是这次被有准备的工作人员拍下了录像。第三天,它重复了昨天的动作。到了第四天,病情加重,无法采食,极度虚弱。它再也没本钱与命运抗争了。

19日深夜10点50分,白雪闯入研究中心职工住宿区,与巡逻的保安碰了个面对面。它在路边一处台阶留下粪便,科研人员顺着台阶看过去,它就静静坐在台阶转弯处,似乎等待着亲人的迎接。23点8分,工作人员将它麻醉,用担架送入大熊猫保育医院手术室,进行全面体检。鼻子上那道黑月牙引起工作人员的震惊:天哪,这不就是白雪嘛!皮下的ID身份号,再次确认它就是当年的"白雪公主"。令人惊喜的是,检验证实白雪在野外曾繁育过后代。

白雪过上了衣食无忧的日子,不再风餐露宿,却再一次失去自由。

大熊猫18岁，相当于人类50岁左右。白雪在这个年纪发情，已属高龄，赢不来雄性的青睐。工作人员对它实施人工授精，精子取自成都大熊猫繁育基地交换的大熊猫师师。白雪刚从野外回家的一年，体质较差，年龄偏大，专家们本不抱多少希望的。但白雪总是能带来意外，这次也是，顺利产下思雪。后又生下壮妹、宁宁和津柯，创出6胎9仔的生育传奇。

两次出逃经历，使白雪成为远近闻名的"逃跑公主"。2015年，白雪病逝，享年27岁，走完那传奇神秘的一生，但它的故事还在流传。

雪雪住华阳
▼

雪雪住华阳

/

我是在洋县华阳大熊猫饲养基地见到雪雪的。其时正开午饭,雪雪就坐在一堆竹子后面,享受着可口大餐。左手拿起竹竿横在面前,右手把竹枝抓到嘴边,用门牙咬下竹叶,衔在左嘴角。积攒十几片后,右手伸过去捏紧竹叶,嘴巴蠕动着,把竹叶卷成一个圈,像煎饼一样嚼起来,吞咽进食道。吃得很精细,很从容,凡虫蛀过的,或发蔫的,它看都不看一眼,只选那些新鲜的叶子。埋着头,眼睛盯着竹子,专心地哐,毫不在意我们这些两条腿的家伙的指手画脚。

雪雪（何鑫 摄）

雪雪祖籍四川，2001年卧龙丢了白雪，将它赔给陕西。楼观台生活两年后，2003年3月2日，16岁的雪雪进入发情旺期，像羊一样不停地叫，烦躁不安。3月3日清早，隔壁笼舍的坪坪、丁丁嗅到空气中弥漫的特殊气味，兴奋得不得了。科研人员将第一次机会给了身体健壮的坪坪，笼舍隔离门刚打开，坪坪便窜了进去。"新郎"太过心急，还未准备好的雪雪被激怒了，连咬带打。坪坪是吓坏了，赶紧退回去，再不敢上前。年轻的丁丁倒不慌张，进入雪雪的笼舍后，用鼻子四处嗅闻，慢慢接近害羞的雪雪。它们深情对视，彼此喜欢上对方。丁丁毫无经验，努力了20多分钟，也没如愿。

科研人员对雪雪进行了两次人工授精，到了3月5日，雪雪依然兴奋不已。人们再次将坪坪放进去。这次雪雪很顺从，将臀部高高翘起，坪坪与它幸福圆房，爬跨过程持续7分钟。第二天又对雪雪进行西北地区首次无麻醉人工授精实验。

经历了140多天的等待，8月2日下午3时54分28秒，雪雪顺利生产一只雌性宝宝。小仔体重仅186克，柔软得像块奶酪。浑身粉红色，生着白色胎毛，像是刚出世的兔仔。因为是在周至楼观台出生的，人们叫它楼生，是陕西首只人工繁殖熊猫。

雪雪做了母亲，担起这份职责。它用舌头舔掉连着的脐带，将其轻轻叼起，耐心地帮女儿找乳头。大热天搂着喂奶，不停地舔抚女儿湿漉漉的胎毛。楼生躺在妈妈怀里，发出轻轻的"咕、咕"声。四天后，楼生肩

《大熊猫"楼生"的故事》（赵鹏鹏 提供）

楼生（赵鹏鹏 摄）

部、耳朵、眼圈开始显出黑色。一星期后,全身黑白更为分明,也不像刚出生时那么爱叫。每次吃奶后,雪雪将身俯下,前掌和嘴并用,把孩子抱起,舔舐其肛门,还把粪便吃掉。孩子整天在母腹上,当它蠕动着快要跌下来时,雪雪用前掌将它抱回肚皮。雪雪要翻身时,才将孩子暂时放在身边。3周后,幼仔进入快速增长期,每天能增加50到100克,40天后,楼生睁开眼睛打量这个陌生世界。

楼生一岁前生过几次感冒、发烧、便秘,都不算啥的,哪家孩子小时不生病呢。两岁时,长成了大姑娘,皮毛顺滑,身体健壮。时常微闭双眼,头埋在胸前,一动不动。若有游客挑逗,便睁开双眼抬起头,大眼睛忽闪几下,随后站起身子,走到笼子旁转个身,一扭一扭地向家里走去,一副不屑的样子。楼生喜欢运动,经常顺着屋里的铁栏杆爬上爬下,在活动场像个孩子似的跑来跑去。还经常爬到活动场的树上,冲着游客龇着牙笑,不停地摆造型,看的游客大笑不止。赵鹏鹏先生还专门写了书,记录楼生的生活趣闻。

两年后,雪雪18岁,已到中年,却再次发情。工作人员"做媒"挑选丁丁和坪坪与其圆房。丁丁刚成年,被安排在隔壁笼子"观摩",由年长4岁的坪坪做示范。哪知丁丁不甘寂寞,蠢蠢欲动起来。工作人员满足了它的热愿,丁丁不负众望,成功进行了爬跨。雪雪深知多个丈夫多份机会,又与坪坪进了洞房,还

雪雪在华阳 (李胜红 摄)

接受人工授精。所用精子来自成都大熊猫繁育基地的科比，那可是只英雄熊猫。

当年7月12日，雪雪出现明显减食的产前反应，人们立刻忙碌起来，组成以专家、兽医、领导、饲养员为主的七人接生小组，准备好接生设备，24小时电视监控，确保不出一点闪失。8月6日下午，雪雪舔阴部的动作频率明显加快。下午5时51分，幼仔的头部滑出来，接着是身子、尾部挤出产道。5时53分，羊水被挣破，一声刺耳的叫声传出，宝宝来到了这个世界。七位男"接生婆"守候一旁，兴奋地相互拍着肩膀。雪雪用嘴轻轻叼起幼仔，放进温暖的怀里，又不停地用舌头舔自己阴部，似乎还有宝宝降生。不出人们所料，6时40分，另一只婴儿呱呱落地，体形略小些，叫声也更微弱。雪雪用毛茸茸的前掌捧起孩子，抱进怀中，埋着头躲进角落，生怕孩子受到伤害。谁知20分钟后，它将第二个幼仔弃于地上，任凭它蠕动着尖利啼哭，只是无可奈何地打量了几眼，便不再理会，专心护理起第一只来。"接生婆"们立即将遭遗弃的小仔抱起，放进事先准备好的育婴箱，当起临时"奶妈"。

雪雪过着圈养生活，却在育幼行为方面承继着先祖的做法。熊猫产仔在深秋，气温已经下降，它没法同时给两个宝宝取暖，叼着它们走动，没那么多奶水哺乳，只能把全部心思和精力用在一个孩子身上。这是由严酷的生存法则决定，无关乎母性。但雍严格在秦岭山里见过同时养育带大两个宝宝的母熊猫，那是很少见的英雄妈妈，可惜雪雪不在其列。

当一个孩子的妈妈，雪雪极为称职。那几天几乎都待在圈舍，把孩子抱在怀里，一刻也不愿分离。雪雪只在进食时，才暂时把孩子放在一边，刚刚吃完，就赶紧小心翼翼地搂在怀里，深情凝视，一个劲儿地舔着孩子。

雪雪产下的双胞胎，成为我省首次降生的活体熊猫双胞胎。老大体重151克，雌性，取名大欣；老二体重122克，雄性，取名小兴。

熊猫妈妈坐月子，真是忙坏一大群人。自打双胞胎出世，中心又调配十几位"临时奶妈"，负责喂奶，轮流交换着让雪雪哺乳。刚出生一周最危险，幼仔体重太轻，各器官尚未发育完善，等着体外二次发育。每隔15分钟就将熟睡的雪雪唤醒，免得那巨大沉重的身子压死幼仔或令其窒息。母乳有特殊的营养成分，人工配制的奶粉无法替代。哺育期母猫性情暴躁，特别是在换仔、挤奶时，可能会遭其攻击。但为确保幼仔吃到母乳，这样的风险值得冒……

雪雪吃饱了，迈着内八字，慢吞吞地踱步，走上园内人工木板桥。桥上有个锡盆子，想必里面盛着牛奶美味。它到了跟前，头就伸进盆子，好久也没抬起来。最后，顶起了盆子，像士兵头上戴着个钢盔。走了几步，仰躺下来，很快翻个身，侧躺着，四肢随意地搁着，竟然不动了。过了很久，才打个滚，肚子朝向相反方向，又不动弹了——它是在午睡呢。

我是突然惊讶地看到，雪雪走路、困觉时，挺着大肚子，很像我们人类待产的孕妇，遂好奇地问饲养员李胜红：雪雪是不是怀孕了？

老李回答：孕期熊猫肚子也没这么鼓呀，雪雪是腹部有积水，还不能做手术，有两个做过的都很快死了。雪雪今年32岁，相当于人类100多岁，圈养熊猫的最大年龄是38岁，雪雪还有6年就赶上了，我会好好养的。

庆庆的**眼神**

▼

庆庆的眼神

1

庆庆与两个研究、保护熊猫的人发生着紧密联系。著名生态作家方敏从庆庆的眼神里觅得了创作灵感,完成世界首部以文学形式讲述人类与熊猫关系的作品《熊猫史诗》;佛保职工赵俊军是为秦岭熊猫献身的第二人,生前关爱的最后一只熊猫便是庆庆。

眼睛是心灵的窗户,我们可以从人的眼睛里窥视灵魂。熊猫的眼神里有啥,我是搞不懂的,概因自己与熊猫缘分未到,又或是慧根太浅。著名生态作家方敏在佛坪三官庙读懂了熊猫庆庆的眼神。

《熊猫史诗》是一部让我震惊感佩的作品，作家方敏历时12年，20多次深入四川、陕西等高山深处采访了100多个与熊猫有关的人物，讲述了100多个关于熊猫命运

熊猫庆庆（方敏　摄）

的故事，记录了众多性格鲜明的人物和熊猫，几乎囊括了所有熊猫的信息和研究者的劳动故事，以文学手法全面完整地记述了大熊猫的前世今生。

"庆庆"抢救于2000年9月27日，再有三天便是国庆，人们就为它取名庆庆。与人一样，给大熊猫取名字也是挺讲究的，成都熊猫基地曾根据网友们的建议，归纳出"五大规则"：一是独一无二，不应随意更名，更要避免与其他熊猫重复；二是应具中国传统文化特色，传统的才是国际的；三是应"猫"如其名，朗朗上口，名不虚传；四是可根据母猫姓氏起名，体现母猫抚育幼仔的艰辛与不易；五是应根据每只新生熊猫幼仔的外貌、个性以及出生时的特殊时间或重要历史事件等个体特征起名。

作为中国最出色、最珍贵的和平大使，那些送往海外的大熊猫肩负着特殊使命，它们的名字更加微妙，更加意蕴丰厚。2008年送给台湾"夫妻"熊猫"团团""圆圆"，意为"再次团圆"，寓意着大陆希望与自治的台湾重新实现统一。

这年秋天，方敏辞去待遇好的报社工作来佛坪三官庙采访。听

说庆庆正在这里接受治疗,"我高高兴兴地去看庆庆,没想到,我刚进门,庆庆就猛然站起来,周身的毛竖立,就像一支支准备发射的利箭。腿略微弯曲,身子稍稍前倾,好像就要发起进攻。特别是那双雪亮的眼睛,像两道闪电似的射向我。我向左,她向左,我朝右,她朝右,我不动,她就对准我的眼睛,眼神里充满了警惕和审视,仿佛在问:'你是谁?你想干什么?'我心里有点嘀咕,庆庆怎么一点也不像遥远呢?但是,我还是壮起胆子,和庆庆说话,告诉它,我是遥远的朋友,我还想和所有的熊猫交朋友……"方敏在《熊猫史诗》里写道。

"庆庆是从野外抢救回来的熊猫,它当时已经相当于人类的50多岁,它在野外饱经沧桑,活到这个年纪很不容易,这些都蕴含在它的眼神中,我天天和它对眼神,在这个过程中,我和它进行眼神和眼神、心灵和心灵的交流,我就读懂了庆庆,也获得了灵感。后来在我的整个创作过程中,庆庆的眼神无处不在,也可以说我的整个创作都是在庆庆眼神的注视中完成的。那次回来后,我给很多人讲我和熊猫对眼神。有人就不理解,其实很好理解:因为大自然中所有的生命,都是有七情六欲喜怒哀乐的,只要我们和它们进行生命和生命之间

著名生态作家方敏深入秦岭采访(方敏 提供)

的交流、沟通、碰撞、理解，就能走进它们的世界，了解它们的感情。"方敏回忆说。

经过两个多月的精心救治，庆庆恢复了活力，只需再调理些时候就能回归山林。方敏原想着给送行，无奈假期已到，只好与庆庆告别，带着深深的遗憾和庆庆的复杂眼神走了。幸运的是，中央电视台午间新闻把庆庆"回家"的喜庆场面，拉到了她眼前。方敏激动得泪水挂满脸颊，眼睛直直地盯着银屏，生怕漏掉一点点画面。她的思路像开闸的洪水，遥远、庆庆们一个个娇憨地、柔顺地走来……

庆庆疗养的日子，赵俊军担负着它的吃喝拉撒，真是尽心又尽力，彼此间结下了友情和信任。每天晚上俊军把大米用水泡在碗里，让米变得松软。这样做出来的稀饭香，庆庆吃得好。每天早早起床熬稀饭，掺上奶粉、白糖拌成奶粥，喂完后给笼子里插一些巴山木竹。中午喂一次粥和竹子，再上山收集第二天庆庆的口粮。下午清理圈舍，喂奶粥，换新鲜竹子。晚上帮同事测量庆庆粪便中的咬节，常常要忙到深夜。

一天，他正在笼子旁忙着打扫卫生，突然庆庆突然伸出前掌拍在他屁股上。"干啥嘛，我每天伺候你，你还打我？别急，我一会儿就喂你……"庆庆像是听懂了，很不好意思似的，蜷卧下来。俊军知道，庆庆是善意的，想与他沟通，他是担心这家伙掌握不住轻重。

慢慢地，庆庆熟悉了他，对他产生了感情。有时他俩的脸离得很近，庆庆也不伸爪子。朝它的脸哈口气，庆庆不恼，更显温顺。"熊猫闻到了我的气味，喜欢和我交流哩。"俊军这样想着，内心一片欢喜。

两个月后，庆庆要回家了。从保护站院子到放归场所几百米远，

在场的官员记者都想抬着庆庆走一段。最后大家约定搞"接力赛",每人抬一段,再将抬杠交下一人。到了那个地方,人们打开笼门,庆庆却背对着笼口不出来。俊军舀了一铁勺奶粥逗引,它吃了几口,还是不转身。过了20多分钟,官员们急着返回,有人提议把它倒出来。俊军心疼地说:"你们别急,让我再引一引——"他拿着铁勺干脆钻进笼子,想尽了法子,庆庆是铁了心,就是不愿高抬贵步。仿佛挤干水分的海绵,人们失去了耐心,最后将笼子倒过来,庆庆从里面像皮球滚了出来。又想着很快赶走,俊军着急地说:"让庆庆把饭吃完再走嘛——"庆庆吃食时,各路官员记者纷纷上前抚摸,合影留念。庆庆善解人意,像是温柔害羞的少女,静静地站着,极有耐心,几分钟后转过身,缓步走向密林,渐渐隐身其中。

望着庆庆远去的背影,俊军一遍遍大喊:"庆庆,多保重,常回家看看,别忘了带上你的孩子——"

庆庆回到了山里,日子过得艰辛,却是自由闲散。它的眼神快乐纯真,少了很多圈养同类的孤独苦闷。

这让我想起一位南方女子,我们因熊猫结识,她很是痴迷熊猫,专程来秦岭佛坪熊猫谷,花了大半天光阴,打量凝视一只叫"城城"的雌性熊猫。返回西安与我见面,她说从"美女"眼里看到了一丝忧郁,整得她自己心情沉重。

后来,我多次走进秦岭,来到三官庙,钻进深山老林,就想找见庆庆,对视它的眼神,却一直无缘谋面。或许它就藏在不远处的竹林,或许它听到我的声音,嗅到我的气味,悄悄躲了起来。

坪坪回老家

▼

坪坪回老家

/

长青保护区党委书记赵纳勋曾把一只叫"坪坪"的熊猫,从两个月左右养到两岁多,像自家孩子一样爱着,呵护着,坪坪也似小孩子,活泼可爱,温顺黏人。

1991年11月16日下午3点多,佛坪保护区汪铁军、巫运财一行4人在三官庙与草坪交界的山梁上发现一只"宠儿"。两个月大小,半眯着眼睛趴在积雪的枯草上,奄奄一息,时不时地哀叫像是在呼唤妈妈。母熊猫可能采食去了,他们没有惊动幼仔,4人分头在不同位置和方向隐蔽起来耐心观察。四个小时过去了，天色黑沉，母熊猫仍未出现。再不人工救护，幼仔就会饿死或被其他动物伤害。他们赶紧回到幼仔身边，把它从雪地上抱起。汪铁军把它搂在怀里，外面用棉袄裹着。温暖浸身，它像只温顺的猫咪，再也不叫唤了。

秦岭长青：野生生命的庇护所（白忠德　摄）

4人摸黑走了两个多小时赶回三官庙保护站。听说捡到一只熊猫幼仔，大家好奇地围过来看。"宠儿"被放在房间的地上，吓得直往床底钻，轻轻将它从床底下拽出来抱到床上，小家伙竟一头钻进被子再不出来。幼仔太小不能吃食，大家急忙找来茶缸和一点奶粉用开水冲好，没有奶瓶，只好用勺子喂。可能是受了惊吓，也可能是习惯了吸吮妈妈的乳头，小家伙只吃了一点点。因为是在草坪这地方发现的"宠儿"，大家为它取名坪坪，谐音为平平安安、顺顺当当。

何家老夫妇用孙子的奶瓶喂小坪坪（梁启慧　提供）

晚上，汪铁军把坪坪搂着睡，它像个小孩一样在被子里拱来拱去，睡着了也仰面八叉，把单人床占了一半。"把它从野外抱回来，就要让它活下去!"想到何长林有个小孙子正在哺乳期,他家肯定有奶瓶、奶粉,汪铁军有了主意,抱着它来到何家。看着命悬一线的小家伙,何长林和老伴不再心疼孙子要喝的奶粉,急忙冲了满满一瓶举到坪坪嘴边。小家伙却没反应,老太太用奶嘴触碰它的嘴逗它,小家伙也总是把头移开。何长林从地上抱起坪坪,轻轻搂在怀里,就像母亲搂抱婴儿一样温情。老太太将几滴奶滴在坪坪嘴边,尝到了甜头,小家伙一下子叼住奶嘴,大口大口地吸吮起来,一会儿就喝完了。

三官庙保护站不具备救护熊猫幼仔的条件,汪铁军抱着坪坪,冒雪走了8公里山路来到凉风垭,交给具备兽医知识和技术、专程前来迎接的赵纳勋,坪坪辗转来到佛保局。

时年坪坪体重5.1公斤,体长47厘米,年龄太小还无法辨识性别。半岁多了,潘文石教授才确定它为雄性,赵纳勋和妻子成了坪坪的父母。天气太冷,赵纳勋让坪坪和自己睡一个被窝。它还小,不会吃竹子,他买来奶瓶、奶粉。刚开始,它不习惯用奶瓶,常常将奶瓶打翻,时间一长,只要奶粉泡好灌进奶瓶,它就急不可耐地抱着奶瓶贪婪地喝起来。每次外出赵纳勋都要给同事嘱咐细节,外出时间长了就把坪坪带回家交给爱人照管。坪坪恢复很快,成为人人宠爱的天之骄子和"人来疯"。它在保护区大院里与孩子们玩耍,爬上办公桌"打电话",拿茶缸喝

小坪坪和赵纳勋玩耍 (赵纳勋 提供)

水；光临农舍，走近温顺的黄牛，到村民家串门，大家外出时后面追着"撵路"；竟然"恶作剧"般地爬上家属楼五层楼顶，差点没把保护区的人吓死；有时温

小坪坪在办公室"捣蛋" （赵纳勋　摄）

顺地坐卧在地上，吃着新鲜可口的竹子，吃得津津有味……

坪坪快两岁时，赵纳勋有意识带它上山，锻炼野外生存能力。几个月训练后，保护区决定把它放归山林，人们将它放到山中，坪坪开始很兴奋，一旦发现周围没人了，就像疯子一样四处寻找。后来，索性待在车里耍赖，害怕把自己"扔"在山里。

坪坪赖在汽车上不下来 （赵纳勋　摄）

1993年11月，为让坪坪得到更好的呵护，局里决定把它送往陕西野生动物抢救中心。平时它总是乐颠颠地跑进笼子，期待着上山"放风"游玩。而临走那天看到赵纳勋没有上车，坪坪怎么也不愿进笼子，赵纳勋看到坪坪这样，心里也很难过。

离开时，坪坪体重70多公斤，已不是当年那只孱弱垂危的"弃儿"。长大后的坪坪，巡回到各地展出，行踪遍布全国数十个省、市。

大熊猫 PANDA

我的秦岭邻居

坪坪性成熟了,却找不下对象,这时节美女艳艳出使德国,"白雪公主"去了卧龙。坪坪长大成人,体格健壮。中心给它减肥,坪坪锻炼得很起劲,准备第一次当"新郎"。却与雪雪缘分不够,直到雪雪几年后再次发情,才正式进入洞房,结出爱情果子。雪雪产下一对双胞胎雌性大欣、雄性小兴,系陕西首次降生的活体熊猫双胞胎。2009年3月底,情窦初开的楼生经人工授精生下一对龙凤胎,坪坪晋升为"外公"。

楼生是雪雪与坪坪本交和人工授精所生,大欣、小兴则是雪雪与坪坪、丁丁本交和人工授精所生。坪坪的血缘子女和外公身份,也变得复杂起来,得通过DNA揭开谜底。

2012年6月8日,阔别老家多年的坪坪回到秦岭大熊猫野化培训基地。照顾它的人中有一个叫何鑫,就是用小何鑫的奶粉、奶瓶喂养过小坪坪的何长林老人的孙子。

何鑫与坪坪 (何鑫 提供)

当年爷爷用他的奶瓶和奶粉抢救坪坪时，何鑫才1岁多，长大后才听人讲起。哪知19年后，他俩会"故人重逢"。这时坪坪21岁，体重109公斤，已不是当年的熊猫宝宝，而是一个70多岁的慈祥"老人"。

何鑫从技校毕业来到基地，渐渐地喜欢上这里。坪坪回来了，何鑫有着说不出的亲切和欣慰。每天6点多起床为它准备竹子、调配奶粉，坪坪在园里吃竹子、玩耍，他就给打扫、清洁"房间"，每天详细观察记录坪坪的起居时间、活动路线、食物品种和用量、精神状态、粪便情况，定期为它体检、称重、防虫防病。坪坪年纪大了牙齿不好，何鑫亲口品尝记下它喜欢吃的竹子口味、品种，把竹子切碎利于咀嚼消化；根据其年龄、牙齿磨损程度、口味喜好、性情特点等调配食物，制作坪坪喜欢吃的熊猫窝头、蛋糕，适时饲喂苹果解解馋、补充营养；节日里和其他工作人员一起，为坪坪制作熊猫粽子、熊猫月饼；还选择适当的野训项目，帮助坪坪增强体力和四肢协调能力。一天忙碌下来，何鑫十分疲惫，却充满了快乐。为了照顾好"小弟弟"，他还开始自学兽医专业。

坪坪从狭小的圈舍来到宽敞安逸的地方，心情大好。坪坪喜欢玩奶盆，每次喝完奶粉总是坐睡在地上，将奶盆顶在头上或用爪子举起来，有时干脆一屁股坐在奶盆上。坪坪耍奶盆就像小孩子揉捏尿泥，轻松随意。这么些铁家伙哪经得起"大力士"这番折腾，奶盆坏得快，何鑫都不知道给换过多少了。坪坪也保持着节俭习惯，吃窝头、月饼时要把掉在身上、草地上的残渣舔干净。

觅踪三官庙

▼

觅踪三官庙

1

秦岭三官庙的名头很响,几乎成了大熊猫的专有代称,这里野生大熊猫的密度很高,它们经常与人见面,还不怕人。人们也以会面它们而荣耀,生出自豪来。我是多次到过三官庙的,也有幸走进山林,找寻大熊猫的踪影,留下些感人难忘的记忆。

那次到三官庙时,刚好傍晚。太阳下山前不甘心,点燃了一把火,烧得半边天红彤彤的,就有牛、马、骆驼、大象在奔走,老鹰、鸽子、画眉在飞翔,竟有一个人,起初是少女,后来成老妇,最后为

长胡子老头。都是一身红装,像镀了金,泛着金闪闪的光。这在东北话里叫火烧云,佛坪人称晚霞。我们找来的向导姓何,是当地人,常给中科院动物所的专家们带路,经见得多。老何说,你们运气好得很,前几天一直下雨,明天是个大晴天哩。

天还没亮,我们就被鸟叫声吵醒了,鸟儿睡了一夜,欢实得很,争着抢着练嗓子,生怕落下来丢了脸。一个大火球跳出来,将鱼肚白烤成一片绯红,射出的光透过树梢洒进院子,逼得人不敢直视,天空是干净得连一丝云都没有。我们匆匆吃过早饭,每人带上两个馒头、一包榨菜,出保护站北门,朝火地坝进发。

这里的山不高,河谷、低坡参差相接,溪流傍依河谷、峡谷而行。小溪潺潺,叮咚作响,间或传来画眉、鸦雀、勺鸡、角雉的鸣叫,似乎很近的,却难见其芳踪。一只啄木鸟"笃笃笃"击打着树

三官庙保护站 (王恒 摄)

干，干枯的声音刺透山林的宁静。它将爪子紧紧地抓住树干，用尾巴支撑着身子，用凿子样坚硬有力的喙，有节奏地敲着，逮着声音琢磨。若是沉闷，就快速飞到另外一棵上；要是响声空洞，便是有美餐等候，毫不犹豫地将喙啄向树干，直到敲开个酒杯粗的洞。它把细长带有黏液的舌头，伸进去，揪出一个个虫子，从从容容地享受。

朱鹮在水面漾起层层波纹（王维果 摄）

栎树、山柳、山杨、漆树、油松、铁杉，向远方的大山径直铺排过去，直至山脊，郁郁葱葱地封闭了天空。林间巴山木竹顽强地挺起头，尽情展现它的浓密与碧绿，个个酒杯粗细，见缝插针，丛丛簇簇，挺拔俊俏。林下幽径蜿蜒，绿树如盖，路两侧草木葱茏，路面落叶掩尘，空气洁净清新。远处的天空露出一片湛蓝，一缕缕白云在山间缓缓浮动，像似大象、孔雀、狮子、长颈鹿、金雕。

曲径通幽（白忠德 摄）

"这条路上'花熊'特别多。我十几岁时从这里走,运气好的时候一天能看见好几只。你们看,那个崖洞——"向导老何指着路边山崖下一个黑乎乎的洞穴说,"那洞里住过熊猫。"我们问现在里面有没有,他回答熊猫深秋产仔时才住在洞里。

三官庙是熊猫分布的核心区,平时就有二三十只在这一带活动。每年冬天山林落雪,开春竹笋萌

本文作者深入秦岭三官庙
（赵建强　摄）

发,熊猫就到低山区找竹笋或嫩竹吃,人们很容易见到。

某年冬天,高寒山区落了厚厚的雪,吃食少了,一只饿慌了的熊猫,夜里转悠到向导家里来了。雪下得很大,向导正在烤火,突然听见拍打木门的声音,时大时小,时停时响,很是沉闷。他们以为是狼,操起扁担、锄头,准备撵跑它。

向导趴在门框边仔细倾听,好像不是狼,狼的声音他太熟悉了。大约过了半小时,外边没了声息。约莫一袋烟工夫,还是没有动静。忍不住好奇,就出去看个究竟。媳妇、孩子攥紧锄头,立在两边,他右手抡着扁担,左手抽开门栓。门开了,屋里的光亮窜出来,划破了黑漆漆的夜空。那道两米见方的菱形光柱里,矗立着一个黑乎乎的大家伙,就在门口,距他不到半米。它身上的腥味直冲进他的鼻子,差点吓晕了。那怪物特别肥憨,见人亦不害怕,大摇大摆地钻进屋来,坐在火堆旁。他们这才看清楚,原来是熊猫,天太冷,它想进来取暖。

他们赶紧拿出苹果、蔬菜招待这位"贵客"。它尝出这东西好吃，高兴得像个七八岁的孩子，边吃边得意地哼哼着，竟把一大堆蔬菜和十几斤苹果吃个一干二净。完了，舔舔嘴角，用脚掌挠挠腮帮，打个滚儿，伸伸懒腰，探出前掌，再次索要。向导递给它一支香烟，它以为像苹果一样好吃，放进嘴里大嚼起来。上当了，苦涩得直摇头，发了脾气，吼了一声，吓得他们倒退了几步。它倒是自管自地躺在温暖的炉火旁，酣睡到天亮。醒来后望了我们几眼，拍拍屁股摇摇摆摆地回到竹林……

"不是说熊猫专吃竹子吗？"我问道。

"熊猫是挑食得很，可也吃肉呢。"向导说，熊猫在竹林里生活，竹鼠也在竹林里过活，按说它们是近邻，理应和睦相处才是，可熊猫对竹鼠非但不友好，还当作打牙祭的美餐哩。

脚步放轻，耳朵竖起。每走过一片竹林，每遇到一坨动物粪便，每听到一些响动，我们都会停下脚步仔细聆听。或是兔子、松鼠从身边溜走，或是金鸡从头顶飞过，我们的期待一次次落空。后来穿行在郁郁葱葱的箭竹林，抬头一瞬间，看到一只成年苏门羚，相距十几米，似乎发着呆，像是刚睡醒的小孩子，好奇地打量着。我们停下来，静静地望着它。这种友好与惊奇，就在彼此间悄悄地传递。红嘴蓝鹊，也来凑热闹，摇着长

红嘴蓝鹊育幼（曹庆 摄）

尾巴，从桦树枝头飞向栎树梢，叽叽喳喳地叫。

　　中午的时候，来到李家沟。熊猫活动的痕迹多起来，不少竹子被啃食，咬断的竹竿到处都是，密实的草丛踏出宽大的掌印。路边时不时地躺着一团团纺锤状粪便，有的被雨水打散，有的仍然新鲜完好，裹着一层湿润的黏液。粪便淡绿色，椭圆形，像鱼雷，似纺锤，拳头大小，直径四、五厘米。我捡起黏乎乎的一坨，凑到鼻子跟前，深吸一口气，一股竹子的清香滑进鼻腔，夹着淡淡的消毒药水味。我很是奇怪："怎么一点也不臭？"向导解开了谜团："熊猫一辈子在为嘴巴忙活，竹子营养价值很低，它们的个头又那么大，只有多吃才能维持体力。它们的肠子短，竹子在里面停留的时间很短，大部分还没来得及消化就排了出来。没有经过发酵的竹子，自然带着原始的清香味。"向导捡起一坨，粪便没有粘力，轻轻一捏就散了。他说，这只熊猫感染了蛔虫，专家们往往根据粪便颜色、残留竹节的长短来判断熊猫的年龄和健康状况。

熊柏泉讲解熊猫粪便（白忠德 提供）

　　我们激动起来，步伐开始放慢，睁大双眼探寻目光所及之处。向导说熊猫吃竹笋后，粪便淡黄绿色，松软易碎、易变色；食竹茎后，粪便淡绿色；食叶和枝的粪便为绿色。他指着一坨两头尖、中间圆的暗绿色粪便说："有只成年熊猫在我们上方活动。"我们问他怎么知道的。他回答："这是刚刚拉下的,还冒着热气呢。粪便里面精细竹末多,看来它的牙口好,还是小伙子。粪便形状往往能暴露它们的行踪,一头较圆钝,另一头较尖长,较尖那头的指向就是熊猫前行的方向……"

向导说,他曾陪一个英国人来看熊猫,那个英国摄影师守候了好一阵子,终于见到一只,拿起摄像机一阵狂拍,见熊猫不动弹一副温柔模样,摄影师逗趣地把录音话筒递过去。熊猫一点不恼,以为是什么好吃的,一把夺过来,咬了一口,把话筒啃出几个大窟窿。这才明白话筒不是什么美味,熊猫很生气,使劲把话筒扔出去。话筒掉下悬崖,报废了。向导"嘿嘿嘿"地笑了,我们也开心地笑了。

向导突然停下来,向身后做出个嘘的手势,轻手轻脚地爬上路边山坡。不大一会儿,他跳下坡来,轻声说:"竹林里边有熊猫——"听到这话,我们一下子激动起来,撒开步子,恨不得冲上去一睹"芳容"。向导赶紧摆手制止:"等一会儿,它们离我们还有一里地,心急吃不得热豆腐哩……"

这时,竹林里传来一阵阵低沉、狗叫般的"嗷嗷"声。向导侧耳倾听,小声说:"是两只公熊猫在对峙,警告对方回避让路呢!"向导说,眼下这个季节,正是熊猫发情期,遇到不下雨的阴天,熊猫就开始四处走动,忙着找对象谈恋爱。它们俩是为求偶较劲,接下来就该一展身手,滚在一起打架了。"别看熊猫平时活动非常警觉,打起架来,很专心,人到了跟前也不歇手。"听了这句话,我们心里默默地念叨着它们快点打起来。

盼着看它们如何争风吃醋,一个队友突然失去重心,"扑通"一下摔倒在地。响声惊动了怒目相视的熊猫,一阵"哗啦啦"的声音随即传来,密实的竹林跟着剧烈晃动起来。我们顾不得多想,撒腿就朝声响处跑去，熊猫们早已不见了踪影，只有被折断的竹子杂乱地躺倒一地，没断的也歪七扭八的。

我们很是失望，却被几声尖利清脆的"嘎叽——嘎叽——"声吸引。几只毛色艳丽的金鸡在林间空地上跑前跑后，忙着追逐异性。它们展开五彩斑斓的羽毛抖动炫耀，像极一团团跳动的火焰。金鸡，官名锦鸡，是秦岭里的鸟中"凤凰"，英俊华丽，惹人爱怜。没有打搅它们，我们绕道而行。

红腹锦鸡（雍严格 摄）

第二天我们又穿行在竹林中，不时得弯下腰，有的地方要爬过去，还要防着竹茬扎手，背包老是被树枝挂住，手有时也会被刺破流血。竹林密不透风，汗水从额头淌下来，内衣裤子都湿透了。

红日当头，我们来到一片桦木与栎树混生的树林，听到枯枝的断裂声，循声望去，一只母熊猫和宝宝待在一棵树上。熊猫妈妈似睡非睡，斜倚着树干闭目养神，而这只约8个月大的幼仔一刻也不安宁，爬上翻下，一会儿沿树干练习走平衡木，一会儿骑着树杈晒太阳。离地面有20多米，我们的心到了嗓子眼，生怕这个可爱的小家伙摔下来。后来就不担心了——别看它举手投足似乎很笨拙，可它走得稳稳当当，还不断地做些惊险动作，渴望得到妈妈的夸奖。

我们都没出声，自以为隐蔽得好，哪知早被熊猫妈妈觉察出来，龇着牙示威，带着孩子爬到枯树最顶端。过了好一会，头朝上溜下树来，一转身迅速钻进竹林。走了几步又回过头望望，引诱我们去追。我们识破了它的企图，就蹲在原地，盯着树上那只幼仔。幼仔还趴在树杈上一动不动，像是在装死呢。

前方不远处，熊猫妈妈把竹子整得"哗啦、哗啦"响，还发出"嗯嗯"的叫声——熊猫妈妈在呼唤儿子呢。小家伙立即睁开惺忪睡眼，屁股朝下，顺着树干，"哧溜溜"滑到地上，钻进石崖上一个石洞。熊猫妈妈赶忙跑过来，将石洞里的孩子喊出来，母子俩很快消失在竹林……

（曹庆 摄）

返回三官庙的路上，遇到一场雨，让我们领略了秦岭里的天，那就是小娃娃的脸，说变就变的。看到那么多动物，我们的疲乏都被兴奋赶跑了。走着说着，头顶飘来一大朵云，像是老者驾着一头大牛，迎着我们走，我就想起老子骑着青牛出函谷关的模样。还没联想出更多，云层里的雨滴已经不耐烦了，噼里啪啦地跳下来，砸在头上，砸在枝叶上。赶紧钻进一处石崖下躲避，过了五六分钟，云就滑过去，带着雨孩子走了。老何说，秦岭山里经常会碰到这种天气的。

北大教授与熊猫

▼

北大教授与熊猫

/

北京大学教授潘文石,是我非常敬仰的学者。他舍弃了书斋里的舒适,率先走进秦岭,探寻野生大熊猫,揭开笼罩在它们身上的诸多隐秘,直接推动了长青自然保护区的建立,把秦岭大熊猫推向了世界。

"8岁时,我就憧憬野外的生活。青少年时代我看的书是《鲁滨逊漂流记》,崇尚杰克·伦敦《野性的呼唤》……"潘文石,1937年出生于泰国一个富裕的华人家庭,太平洋战争爆发前夕,随父母回到

潘文石教授借助无线电设备寻找大熊猫 （向定乾 提供）

中国。21岁那年以优异成绩考入北京大学生物系，毕业后留校任教。1980年是他事业的转折点，一个偶然的机会改变了他的人生轨迹。他原来是在实验室从事病毒研究的，没想到会去四川卧龙参加一个大熊猫国际合作项目，与夏勒、胡锦矗一道开展大熊猫生态研究。多年前他在动物园里看到大熊猫时就怦然心动，这一次近距离观察研究野生大熊猫使他对大熊猫产生了更浓厚的兴趣。这个被夏勒称为"投缘的同伴"，他血液里对野外生活的向往被唤醒了。

"竹子开花啰喂，咪咪躺在妈妈的怀里数星星，星星啊星星多美丽，明天的早餐在哪里……"由程琳演唱的《熊猫咪咪》，风行20世纪80年代，火得不得了，大人小孩都会。我那时读小学，是由音乐老师教会的，至今还能哼唱。却不知道歌曲的背景，是与一种珍贵的动物有关。

1983年底至1984年初，四川地区死了8只大熊猫。凑巧的是，正赶上60年开一次花的竹子开花了，"竹子大面积开花使熊猫面临绝境"的观点迅速蔓延。全世界掀起拯救大熊猫的热潮——募集捐款,申请拨款,想把野生大熊猫送进饲养场人工圈养。潘文石深知:真要把野生大熊猫圈养起来,会进一步破坏种群结构,使它们几乎不能繁殖。他以科学的态度据理力争,四处奔波呼吁,却屡遭冷遇。无奈之下只得向国家最高领导人反映,幸而得到中央的支持,叫停了圈养计划。他是国内第一个反对圈养野生大熊猫的科学家,保住了野生大熊猫的自由。然而,大熊猫数量不断减少,却是一个不争的事实。竹子开花能否饿死熊猫?这一物种是否已经走到进化的尽头?怀揣种种疑问,1985年3月8日,潘文石带着三个学生来到秦岭佛坪,一群意气风发的北大才子开始了逐梦之旅。

21岁就登上珠穆朗玛峰的潘文石,是很能吃苦的,但在秦岭的13年,让他吃尽了苦头。研究经费紧缺,只好省着花,从北京至汉中要坐35个小时火车,潘文石师生不坐卧铺,途经城镇不留宿;不通长途汽车的地方,只能搭乘林区运输木材的卡车,几番周折才能抵达。进入秦岭不久,潘文石就给熊猫戴上无线项圈,每隔15分钟做一次记录。山里风硬,夜里非常冷,帐篷挡不住风雪,人穿上两件羽绒服,手脚还是被冻麻。冬天最冷时,林业工人都下山了,潘文石师生还住在海拔3000米的监测点。带上去的食物全都成了冰疙瘩,连续三五天待在零下十几度的帐篷

雪地寻踪 (向定乾 摄)

里，忍受着逼人的寒气，几乎不吃不喝不睡，不间断地通过无线电监测，记录下大熊猫交配、受精、产仔、哺乳的最直接参数。有时住在四面透风的旧工棚，为了不惊动熊猫，不敢生火，身子钻进鸭绒袋，一只手拿着蜡烛照明，一只手写研究日志。时间不长，手就冻僵了，手指头蜷不拢，只好伸进衣服暖热。女学生脸上长满冻疮，还坚持做记录。过年回不了家，在野外生活无法改善，又想着节省时间和木炭，就把土豆和大米熬一大锅饭连着吃几天，转移到新地方，再熬一大锅。从家里拿钱贴补，对于潘文石来说，再寻常不过了。

有一次，天太冷了，地冻裂了，身体不听使唤，潘文石从陡峭的山上滚下去，所幸被一个凸起的平台挡住。命是保住了，肛门摔裂了，在医院躺了一个多月。还有一次，他爬上一个长满青苔、五米高的岩石，给熊猫娇娇和她的大儿子虎子拍照，青苔突然脱落，人一头栽了下来。相机镜头是借来的，他就一直用左手护着，本能地打一个滚落到地上。一根竹子从左手中指与无名指间插进去，他强忍疼痛拔出来，顿时血流如注。他爬起来，接着拍，血把手和相机都黏在了一起。回到营地，用碘酒清洗一下伤口，他又投入工作了。那只手由于缺乏正规治疗，红肿了八九个月。

潘文石带领的学生，同样能吃苦。吕植最长一次在山里待了10个月，患上关节炎，严重时迈不开步子。到野外作业，

潘文石、吕植与向定乾探讨大熊猫行为 （向定乾 提供）

每天要走几十里山路，回到营地，浑身如同水里捞出来一样，疲累得不想张口。救治丹丹那天深夜，她在大古坪被煤气熏倒，第二年又在一个山区招待所中煤气休克，还差点掉进冰窟窿。那些与秦岭大熊猫打交道的日子，缺乏油水和主食，饥饿难耐。"这个漂亮的女孩饿得变了形，回到北京，看到桌上的菜，眼珠子都快突出来，一副不吃完不罢休的架势，这是饿怕了呀！"潘文石说。后来吕植赴美国进行博士后研究，四年后谢绝美方挽留，又和她的老师一起投入新的自然保护工作。

吕植教授

另一位女学生，自幼生长在大城市，从没单独住过，却一个人在秦岭深处待了8个月。有一次，为了节省经费，她没有雇请民工，自己背着20公斤重的液氮罐，走了十几公里山路。

发现野生熊猫不容易，近距离观察研究更难。研究熊猫是有危险的，熊猫和熊是近亲，蛮有野性，不仅吃竹子，有时也会咬人。据说，当地有几十个山民被熊猫咬伤，有的甚至终生残废。最初看见熊猫妈妈产仔，想接近些，就先扔块石头，引诱她追石头，他们趁机靠近洞穴。熊猫转了一圈回来，又开始追赶，吓得人们扔掉东西拼命跑。

给自己观察、研究的动物起个好听的名字，是枯燥的野外工作中最快乐的事。熊猫的智力相当于人类两三岁的孩子，能听懂自己的名字。这也给潘文石师生的研究带来意料之外的收获。

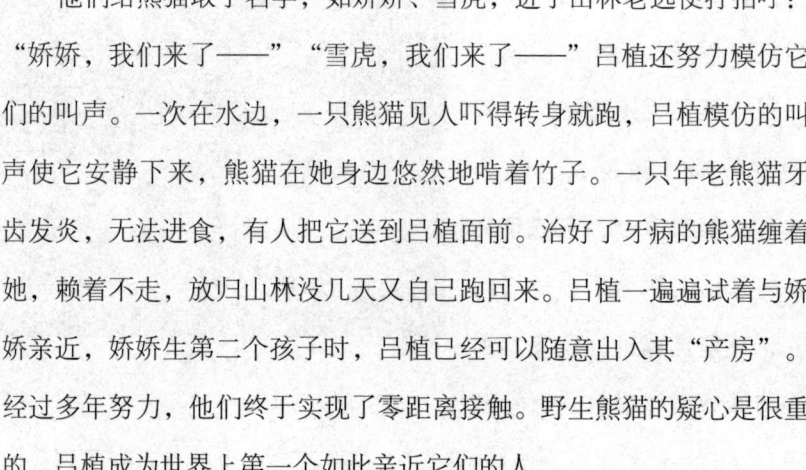

他们给熊猫取了名字,如娇娇、雪虎,进了山林老远便打招呼:"娇娇,我们来了——""雪虎,我们来了——"吕植还努力模仿它们的叫声。一次在水边,一只熊猫见人吓得转身就跑,吕植模仿的叫声使它安静下来,熊猫在她身边悠然地啃着竹子。一只年老熊猫牙齿发炎,无法进食,有人把它送到吕植面前。治好了牙病的熊猫缠着她,赖着不走,放归山林没几天又自己跑回来。吕植一遍遍试着与娇娇亲近,娇娇生第二个孩子时,吕植已经可以随意出入其"产房"。经过多年努力,他们终于实现了零距离接触。野生熊猫的疑心是很重的,吕植成为世界上第一个如此亲近它们的人。

娇娇有时候见到他们,撒腿就跑。他们喊:"娇娇,站住,我们来了——"。娇娇很快闻出熟悉的气味,停下来,抓根竹子就吃。要是有生人一起来,若是想靠近一点,它马上嗅出气味有异,要么撒腿就跑,要么回来攻击。有个新来的研究生,被希望追得没命地跑,希望是脾气最坏的熊猫。它的弟弟小三儿却跟大家很亲近,王大军和它关系最好。有一次,小三儿爬在松树上,他们从底下经过,它就要下来,想和他们摔跤。那时候雨衣很贵,防雨御寒少不了。大军说:"你不要急嘛,等脱了雨衣再玩。"他把雨衣脱下来,搁在旁边,穿一身迷彩服跟它较量起来。

小三儿最有意思,调皮不说,很重交情。小时候吕植抱过,记住了她的气味。两年后,吕植回来,它已长成大个儿,吕植本想抱它,却被对方一把抱住,温柔地搂在怀里,像是老友重逢。熊猫挺有人情味,在脑海记住了她的气味,让吕植既感动又感慨。

潘文石也给自己起了个名字——"布克"。这是一条狗的名字,杰克·伦敦小说《野性的呼唤》中的主人公,它由一条家狗历经磨难成为荒野里狼群的首领。他认为自己的精神世界与"布克"一样,洋溢着对野性的虔诚向往,他不愿做那种只待在书斋里的学者。

与物质上的艰难相比,学生曾周的不幸遇难,才是潘文石面临的最大精神危机。进山第39天,刚刚被北大生物系录取的研究生曾周,摔落悬崖牺牲了,研究小组只剩下他和吕植。面对强大的社会舆论责难和内心煎熬,潘文石选择了坚持。反对圈养的主张,得罪了当时负责项目的部门,失去原先承诺的支持,只能靠非常有限的野外补助,又受到当地保护区施加的压力,潘文石只好转战洋县华阳长青林业局开展研究。

上天不会亏待一个辛苦付出的人,这句话再次被潘文石的丰硕成果所印证。秦岭科考期间,他发现了世界第一只棕色大熊猫"丹丹",成功救活7只大熊猫,跟踪研究的17只大熊猫共生育养大10只幼仔,通过无线电颈圈监测记录了娇娇野外产仔5只的全过程。他与吕植合著的《秦岭大熊猫的自然庇护所》,对秦岭山脉形成、气候特征、植物分布、大熊猫生存现状做了科学详尽的阐述,是国内外公认的权威著作。他的秦岭大熊猫研究获得国内外广泛认可,纽约保护野生动物会科学主任乔治·夏勒说:"潘文石的研究成果扩大了世人对熊

野生熊猫跟着潘文石爬上树 (向定乾 摄)

猫及其生态的认识，推翻了一些关于熊猫行为的旧有观念，激起全世界关注大熊猫的危险处境。"还被美国《读者文摘》杂志称为"熊猫爸爸"，成为第一个被《美国国家地理》杂志以人物专访形式采访的中国科学家。又是第一位获得世界自然基金会格蒂野生动植物保护奖的中国专家，并用这笔奖金设立了一个熊猫保护专项基金。

"熊猫在人们疯狂砍树的刀斧声中四处寻找家园，我们终于知道大熊猫濒临灭绝的真正原因并非自然引起，而是由于人类。"吕植说。面对秦岭南坡森林遭到的肆意砍伐，好些山剃成了光头，潘文石坐立不安，心急如焚。他向各级部门呼吁减少采伐量，给大熊猫留下最后的一线生机。1993年8月，潘文石的研究小组给国家领导人写信，又联合29位中外科学家致信国务院总理，力陈"秦岭正在发生的生态危机和建议解除的办法"。好心的朋友劝他不要做这种出力不讨好的事，多写些论文，对个人好处多。潘文石不否认这个，可是秦岭没有了森林，没有了大熊猫，就算自己出版百部专著、发表千篇论文又有何用？两个月后，他们通过全国侨联把信转呈全国人大环境委员会，再呈报到国务院，获得时任副总理朱镕基的批示支持，要求立即停止砍伐，建立保护区。与反对圈养大熊猫上书中央的结果相似，潘文石拯救了秦岭三分之一的大熊猫，直接促成了长青自然保护区的建立，将秦岭人为分割的自然保护区群连成了片，开辟了大熊猫基因交流的大通道。可以说，由长青林业局到自然保护区的转型，就是人类与自然、与动物和谐迈出的一大步。

他也是中国第一个反对克隆大熊猫的人。中科院动物所研究员陈大元提出"异种克隆大熊猫"的设想，潘文石认为一个物种到了自己都不能繁殖的程度，克隆出来也没多大意义。大熊猫从800多万年前演化到今天，是进化的胜利者，只要人类给它们足够的时间和空间，它们就能很好地生活下去。克隆是无性繁殖，不是保护熊猫的一种方式。最好的手段是保护它们的栖息地，利用优良的栖息地，使大熊猫能够更加有力地繁殖。

许多人认为，目前大熊猫数量很少，自然状况下的繁殖很不理想。潘文石以娇娇为例予以反驳，他说从来秦岭到离开这段时间，娇娇生了4个孩子，后来又生了第5个孩子。娇娇周围几个戴无线电颈圈的熊猫也都在生孩子。秦岭大熊猫年繁殖增长率为4.1%，而世界上人口增长最快的卢旺达才3%。大熊猫数量的减少，不是繁殖力差，而是它们的栖息地遭到人为破坏。他说，对动物园熊猫的理解不能和作为雌雄动物个体的人来理解，以为把公熊猫与母熊猫搁在一起就能繁殖。野外公熊猫之间有竞争，通过擂台赛享受爱情的甜蜜。动物园像个养老院，那里的老公公、老婆婆当然不能繁殖。

有人设计了熊猫"伟哥"，还要给它们看录像，试图从人的生理角度对其繁殖施加影响。潘文石说，人主要通过眼睛感受异性，熊猫是通过鼻子、气味来感知。录像没有气味，弄不清公母，怎会有感觉？如果是熊猫机体的原因，比方说睾丸没有很好的发育，吃了伟哥也没用。

国人大都热衷名利，潘文石却是个例外。潘文石获得由荷兰王子颁发的保护野生生物金奖——诺亚方舟奖，荷兰王室来函邀请他和夫人赴荷兰旅游并到王宫领奖。这是当今世界极少有人能获得的荣誉。潘文石应该由衷欣慰，如期赴约。但他正在广西扶绥一个渺无人烟的山洞，每天一包方便面一捧山泉水，观察研究白头叶猴。他回信说正在开展一项新的科学研究，无法离开，能不能把奖章寄来。最后，王

室专门派了个大使来北京给他颁奖。大使动情地说,教授的故事就像诺亚方舟的传说那样伟大。这让我想起拒领诺贝尔文学奖的法国作家萨特,想来他们在精神层面上是息息相通的。

今年82岁高龄的潘文石,仍然活跃在野生动物保护与研究第一线,在大自然中不懈寻找生态文明的最真答案。

在崇左研究基地,潘文石和他的"访客"白头叶猴(赵一 摄)

完成秦岭大熊猫科考后,花甲之年重新"创业",一头钻到广西崇左山里研究白头叶猴。又以亲身实践,破解保护环境与经济发展之间的难题,留住了北部湾中华白海豚洁净的家。

39年来,他以荒野为家,践行着作为一名生物学家的理想与信仰,为濒危动物保护、人与自然和谐发展发出了耀眼的光芒,感召着一代代年轻人投身于野生动物保护事业。

好几年前,我在央视东方时空见到潘文石,衣着朴素,满脸沧桑,坚韧豁达。面对主持人,他讲了这么一件事让我记忆犹新:同班同学大都出国或在国内挣了钱,和他们相比,潘文石逊色多了。一次同学聚会,有人提出捐点钱改善一下他的生活,却遭到大部分同学的反对,说像他这样半年半年不落屋的人,是不能帮助的。或许是同学们开玩笑吧,于我却有了颇多感慨与疑惑。后来,我在媒体上看到他自比"布克"的文字,才在感动与钦佩中释然。

今生与熊猫结缘

▼

今生与熊猫结缘

/

"昨晚梦见了这美丽的报春花,这是秦岭山中最先绽放的花卉。当它开放时,大熊猫也就开始了比武招亲。"退休10年后,雍严格与秦岭大熊猫朝夕相处的幸福日子,只是在梦中了。

雍严格,土生土长的佛坪人,家境贫寒,初中没毕业就回家务农,做过生产队会计、公社社教队干事、林业局护林员。他的命运转机来自给陕西生物资源考察队当向导。在这里,他结识了动物学启蒙老师张纪叔先生,成了他的助手。张纪叔是北大毕业生,原先在林业部,"文革"初期下放到陕西动物研究所。张纪叔看中他的勤奋好学,鼓励他多看些动物学专业书,做好知识储备,为将来佛坪成立保护区打好底子。张纪叔带来《动物学》《生态学》等专业书,白天上山调查大熊猫分布情况,晚上在营地给他讲课,有时下雨天没法上山,就给他讲上整整一天。两年的刻苦学习,为他的工作打下坚实的专业基础,也使他更加热爱大熊猫研究事业。

20世纪80年代初,他曾到四川卧龙协助乔治·夏勒跟踪观察熊猫,能吃苦,又肯干,受到夏勒的夸奖,他说"我多么希望我们的计划也能找到像雍严格这样的年轻人"。

雍严格至今记得第一次看见大熊猫的情景。他跟随张纪叔在西河普查,突然发现小树上有只亚成体熊猫在睡觉,被他们惊醒了,抬起头好奇地看着他们。它那黑耳朵、黑眼圈的模样真像个可爱的布娃

大熊猫坦然面对雍严格的镜头（曹庆　摄）

娃。他们看了半天，兴奋莫名，有个人就爬上树逗引。没想到它用毛茸茸的前爪把两只眼睛一捂，从树上滚下来，一眨眼工夫跑进竹林，没了踪影。大熊猫这个大自然的尤物，用自己的魅力轻易地捕获了雍严格的心，让他一辈子痴迷于它们的身影。

只有初中文化程度的他，凭着刻苦的钻研和对大熊猫的挚爱，孜孜以求，硬是从一名护林员成长为秦岭大熊猫研究领域的领军人物、全国知名的大熊猫研究专家，创出中国大熊猫研究队伍中一个绝无仅有的特例：35岁赴北京大学生物系进修，探究潘文石教授的保护生物学理论；50岁在华西师范大学读研究生，深耕胡锦矗教授的生物学理论，成为潘、胡两个大熊猫权威的得意门生。他把两人的研究方法结合起来，运用到秦岭大熊猫保护和研究工作，最终挖出了一座富矿，成就了自己的传奇人生。

大熊猫爱仔（雍严格 摄）

20世纪80年代初，雍严格在核心区三官庙地段，对大熊猫进行了历时半年的野外考察，掌握了100平方公里范围内大熊猫分布、数量、栖息地、繁殖巢穴等一些生活活动规律，发表了关于佛坪大熊猫的第一篇论文。

这之后，雍严格代表着佛坪自然保护区一次次赢得了世人尊重的目光。2003年首次拍到野生大熊猫争偶交配的全过程，为大熊猫繁殖生物学研究和人工圈养繁殖大熊猫提供了科学依据。那张摄于竹林母熊猫怀抱可爱小仔的照片，更是感动了许多人。中央电视台《东方之子》栏目特别为他做了两集专题报道。在第19届世界动物学大会上，他作了《野生大熊猫求偶繁殖场特征及繁殖行为观察》的报告，告诉世人野外大熊猫的繁殖率甚至超过了人类，用实证让人们看到野外大熊猫生存繁衍的希望。他频繁地在一些国际国内重大学术年会上公布秦岭大熊猫研究成果，赢得美国孟菲斯动物学会科研资助，填补了佛坪保护区国际项目空白。并协助浙江大学方盛国教授完成大熊猫秦岭新亚种课题，将秦岭大熊猫引领到关注的高潮。使得佛坪保护区成功加入世界生物圈保护区网络，成为继四川卧龙之后中国第二个大熊猫生存标志地。佛坪自然保护区终于走过长久的沉默期，开始受到生物学界的广泛关注。

人们见到大熊猫这种几乎被神化的珍稀动物总是在动物园或是人工饲养的地方，真正的野生大熊猫没有多少人见过，更无几人靠近。雍严格从1973年开始追踪研究熊猫，实现与大熊猫零距离接触，与熊猫"乖乖"保持了4年友谊。

朝夕相处中，大熊猫渐渐成了雍严格眼中的孩子：熊猫的粪便酷似纺锤，先拉出的粗钝，后拉出的尖长。尖头朝着哪个方向，熊猫就

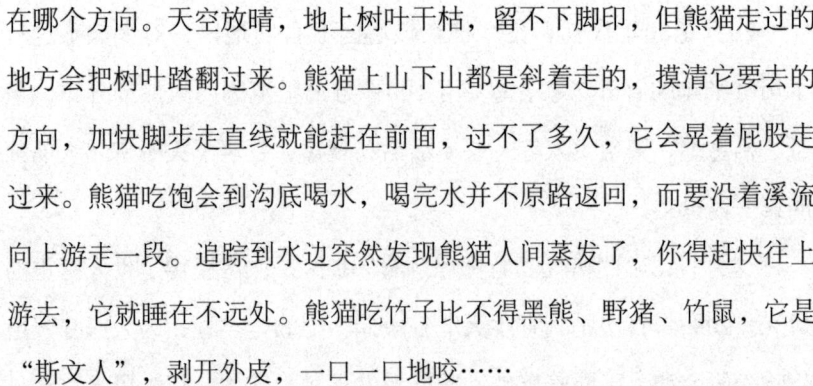

在哪个方向。天空放晴,地上树叶干枯,留不下脚印,但熊猫走过的地方会把树叶踏翻过来。熊猫上山下山都是斜着走的,摸清它要去的方向,加快脚步走直线就能赶在前面,过不了多久,它会晃着屁股走过来。熊猫吃饱会到沟底喝水,喝完水并不原路返回,而要沿着溪流向上游走一段。追踪到水边突然发现熊猫人间蒸发了,你得赶快往上游去,它就睡在不远处。熊猫吃竹子比不得黑熊、野猪、竹鼠,它是"斯文人",剥开外皮,一口一口地咬……

从事野生动物保护和研究工作这些年,雍严格取得令人怦然心动的成果,但为此所付出的艰辛局外人是无法体会的。野外观察研究大熊猫非常辛苦,充满着危险。秦岭山里地形复杂,沟壑纵横,气候多变,猛兽出没。稍不留心,就可能受伤,甚至是送命。北大研究生曾周、佛坪保护区职工赵俊军就为大熊猫保护事业献出了生命。

这些吓不住雍严格,他吃得了大苦。每年有6个多月在山里,只要有熊猫的踪迹,他们就一直跟踪下去。这时,冷馒头和溪水冰雪便成了主食。民工背送的粮食蔬菜供应不上时,就只能吃树上长的黑木耳和地上生的蘑菇。他曾一个人在光头山上与野兽待了七天。遇上下冰雹,比大拇指盖还大。打着雷,贴着地面响,炸得石头冒烟,他趴在地上不敢动弹。山里撞见狗熊、羚牛、野猪等猛兽,那是家常便饭。曾与一头大黑熊狭路相逢,那黑熊后腿直立,头部扬起,张开大嘴,竖起两只耳朵,像是要与他决斗。周围是一片开阔地,没有树,即使有树也不行,黑熊的爬树本领比人还高超。他动也不敢动,过了一会,黑熊觉得没有危险,掉头走了。他吓得瘫坐在地,浑身冷汗直淌,好久才恢复过来。也曾与一群羚牛相遇,他赶紧爬上大树,直到听不见声音才溜下来朝前走。大雄牛却没走远,喷鼻时的腥膻差点把他熏昏，所幸没向他发起攻击。至于各种毒蛇和"裤裆蜂"，在他看来就是稀松平常的事。

有艰险，也有遗憾，这才是雍严格真实的野外生活。老雍说，对于大熊猫这个不分国籍、肤色、男女老少都喜欢的动物，影像是最具说服力的证据，直到今天，他还为错失机会而遗憾。那一次他与同事在光头山开展大熊猫体内寄生虫感染调查，发现一只成年大熊猫带着一对不足周岁的双胞胎幼仔，可惜他没带相机。三年后，四川卧龙保护区拍摄到野外双胞胎照片，首次证实大熊猫在野外能成功养育双胞胎。又一次，从鲁班寨调查羚牛返回途中，见到一只大熊猫抱着松树横长的一段树干荡秋千，他将熊猫的每个动作进行了拍摄，直到它下树离开视线。这组照片将证实熊猫是"登山攀崖"能手，但他在慌忙中未将胶卷装好，马达空转，根本就未过卷。再一次，跟踪带仔母熊猫"山英"时，意外遇到"山英"在树上哺乳。等他调整好距离拍照时，熊猫妈妈已经下树。他后来查遍所有大熊猫研究文献，根本没有熊猫在树上哺乳的记载……

给我印象最深的是2004年夏天与雍严格的那次见面。他在观察熊猫时，滚了坡，摔断了几根肋骨，差一点送了命。我在保护区院子见到他，他正准备去单位医务室换药，驼着背，高大的身材显得矮了许多，步履蹒跚，走走停停，两鬓添了好些白发，刺目得很：这个人一下子老了！

我陪他到医务室。一进门，他就焦急地问："大夫，最快啥时能好？"

大夫回答："你咋老问这问题？急啥嘛！伤筋动骨一百天，急不得，否则会落下后遗症的。"

"你不知道,我心里有多急!山上的大熊猫要观察,几个项目要结题,下个月北京有个重要的会议要参加。"

大夫安慰道:"你不要急,这些事有你身体重要?"

失望、落寞难以察觉地掠过他本以憔悴不堪的脸颊。他无奈地说:"我也觉得还疼得厉害,只是心里慌得很。请你给局领导说一声,就说我还得休养,免得别人说闲话。"

那一刻,我的感动与感慨无以复加:这个人已经是全国有影响的大熊猫专家了,可他没有满足,没有停下前行的脚步。即使在身体不适的时候,他想到的不是自己,念叨的是大熊猫。

30多年后,提及往事,雍严格脸色一片平静:"熊猫现在已经是我生活的一部分了,我也沾了许多熊猫的光。出过国,还开过学术交流会,现在还是国家林业局熊猫专家……荣誉是熊猫给我的。大熊猫太珍贵了,它们能落户生息在这里是佛坪最大的荣幸。作为一个佛坪人,我有责任保护它们,让它们生活得更好。我要是在机关上坐一段时间,就觉得浑身不舒服。来到野外,和熊猫待在一块时,我觉得身体一下子好了,什么烦恼都没有。"

2002年6月,佛坪发大水,这是他一生中遇到的最大灾难。多年积存的资料、一些数据、拍了多年的照片胶卷,包括家产全没了。当时有人跟他说,你调到我们这儿来

《守望大熊猫》(白忠德 摄)

吧，在我们这儿工作，到城市去。他最终放弃了，他说，自己这辈子已离不开熊猫。他想工作到爬不动山的时候，一点都爬不动的时候。

"我现在写一篇文章《走近秦岭大熊猫》，走了几十年，觉得越走距离越远；什么时候走近大熊猫，这是我的理想！"

退休10年了，雍严格依然惦念着大熊猫，有机会便去三官庙、光头山，大熊猫也走进他的梦里。前些年国营林场砍伐树木后引种的日本落叶松，挤压竹类生存领域，加剧破坏秦岭大熊猫栖息地。雍严格奔走呼吁，引起国家有关部门的重视，停止在大熊猫栖息地引进和播种，阻止了生态劫难的蔓延。但已长大的日本落叶松，还在蚕食着保护区周边地区。个别人为了生计，盗伐巴山木竹。还有其他人类活动，都在进一步加剧秦岭大熊猫栖息地的破碎化。

这让雍严格揪紧了心。他说，保护大熊猫最有效的办法，就是给它一片生长竹子的森林，一个生育幼仔的洞穴，一份不受打扰的自由。

熊猫保护的新进展"大熊猫国家公园"

2017年4月《大熊猫国家公园体制试点方案》印发，确立了建立大熊猫国家公园的保护布局，连接起包括川、陕、甘三省的2.7134万平方公里的大熊猫分布片区，恢复大熊猫栖息地之间的联系，扩展大熊猫生存空间。

详情请扫码阅读了解。

曾周之死

▼

曾周之死

/

每次去三官庙，总会站在曾周墓前鞠三个躬，心里满是遗憾和肃穆。

三官庙保护站正门往南200米、通往村子的路边，就是曾周的长眠之处。墓不大，是由几块大石头镶成的。两边栽着几棵华山松，有碗口粗。背靠大山，山上密布着竹林、树木、杂草。站着一碑，其上刻着"想起你我们更热爱这片绿土"。

曾周很聪慧，那时高考很难的，他却以汕头市第一名、广东省第三名考入北京大学植物生理专业。大四第一学期报考北京大学动物生态学研究生，他深情地说："我的选择不是一时的狂热，更不是图新奇好玩。搞动物生态学不会有环境优雅、设备精良的实验室，而是充满神奇色彩的原野、高山、森林和一个未知的世界。要搞出点名堂，不仅需要智慧、才干，而且需要勇气、毅力，甚至生命。"

1985年3月初，曾周怀着对科学考察与探险的浓厚兴趣，跟随潘文石教授来佛坪自然保护区三官庙保护站考察大熊猫。20多天里，他搜集积累了保护区地域环境、植物结构等许多资料，参加了棕色大熊猫丹丹的抢救工作，在写给父亲的信中说："对科研人员来说，在野外目击大熊猫的机会非常难得，更不要说目睹这样的场面了。能够得到大自然这样的报偿，四肢着地攀登积雪三尺的陡坡，在密不透风的竹林中钻行，从山坡上连滚带滑地摔下谷底，失足掉进冰冷的溪中，这一切都不在话下！"

最初来佛坪考察的日子，潘文石、雍严格、吕植这一组很幸运，连续发现了好几只大熊猫，很是兴奋。曾周他们那一组多日辛劳却没有见到，感到很失落。曾周生性要强，心里不服气，要求独自上山寻找。潘文石断然反对，说那太危险。雍严格劝他，野外考察历来忌独行，一旦出现意外连个报信的都没有。曾周不听，仍坚持独自上山。大家拧不过他，只好放行，却不放心，就派保护区的一个工作人员相随。

4月17日一大早，曾周带上馒头、砍刀、地图、火柴，与那小伙子到三星桥附近的山林找熊猫。到了山上，曾周突然提出要那人回去，说用不着跟着。那人说这是领导指派给他的任务，不能离开。曾周一听这话颇为恼火，大声呵斥："在野外咱俩是我说了算，我现在要求你回去，出了问题我一人负责。"

那人只好无奈服从。到了晚上，出外考察人员陆续归队，唯独不见他。

那人细说了他一人归队的原委。大家的心一下子沉下去，一种不祥之感涌上来。冒着夜色，兵分几路上山搜寻，声声呼唤，在山谷中回荡。搜寻了大半夜，也没有得到任何音讯。

第二天，大家又分头出发了。雍严格他们来到三星桥附近的一户人家，询问是否看到有位来考察的年轻人。老乡说没有看到，只是昨日半夜，狗朝着南面山崖狂吠，好像那里有什么动静。闻听此言，雍严格与同事立即翻山越岭前去查看，先是发现有物品挂在悬崖的树枝上。再探身俯视，看到有人坠于崖下。

"啪——啪——啪——"按照事先约定开信号枪报警。大家辗转到悬崖绝壁半腰石坎上，找到了血肉模糊的曾周。他手里拿的地形图挂在一个小树上，旁边摔坏的日历电子表的字幕是"四月十七日八时四十分"。背包里有个馒头，衣服口袋里装着学生证，一支水笔摔在身旁的岩石上。

原来天黑迷路，曾周误入那个叫"黑湾"的阴森狭长山谷，走上山梁，从160米高处摔下去。

5个月后，《陕西日报》记者杨玉坤发表了曾周不幸遇难的消息。他在《记者附记》中说："我是含着泪撰写这条消息的。今年四月，为了抢救浅棕色大熊猫丹丹，我到佛坪大熊猫自然保护区去采访，同到这里来进行考察和写毕业论文的北京大学研究生曾周同志邂逅。

"记得我们在翻越林海雪原的凉风垭时，他将我的行李和其他

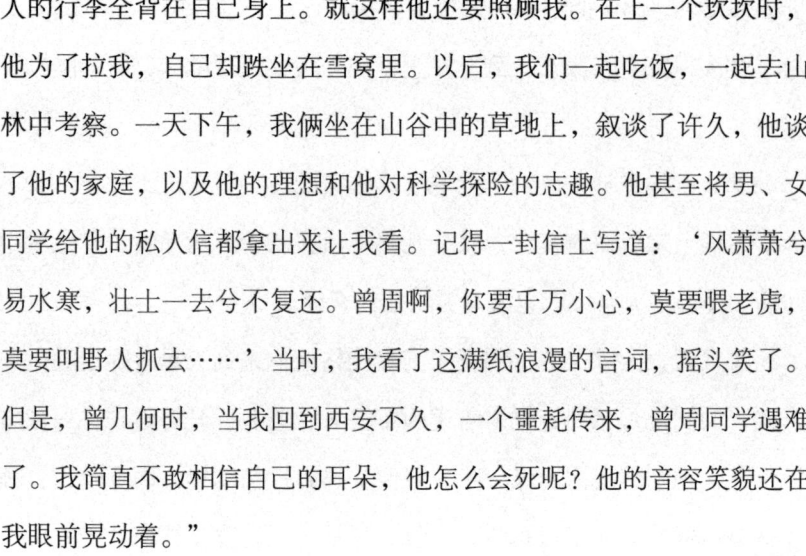

人的行李全背在自己身上。就这样他还要照顾我。在上一个坎坎时，他为了拉我，自己却跌坐在雪窝里。以后，我们一起吃饭，一起去山林中考察。一天下午，我俩坐在山谷中的草地上，叙谈了许久，他谈了他的家庭，以及他的理想和他对科学探险的志趣。他甚至将男、女同学给他的私人信都拿出来让我看。记得一封信上写道：'风萧萧兮易水寒，壮士一去兮不复还。曾周啊，你要千万小心，莫要喂老虎，莫要叫野人抓去……'当时，我看了这满纸浪漫的言词，摇头笑了。但是，曾几何时，当我回到西安不久，一个噩耗传来，曾周同学遇难了。我简直不敢相信自己的耳朵，他怎么会死呢？他的音容笑貌还在我眼前晃动着。"

曾周的死，对潘文石教授的影响非常大。有人说，曾周是潘文石让到危险地方收集资料摔死的。曾周的亲人也说，如果潘文石把曾周当作自己的孩子，那他就不会死。甚至，还有人当面指责他是"杀人犯"。潘文石回到家里，妻子坐在饭桌边，当着两个孩子的面，哭着责问："你怎么不死啊，偏偏死了那个研究生？你兄弟姐妹那么多，死了个把没有关系，人家是个独生子，他不应该死！"潘文石后来说："我必须要承受生命中无法回避的责任，当时人几乎要垮了，可真要放弃事业，那就不是我潘文石了！"10多年后，潘文石提及此事时，脸色顿时凝固，泪花渐渐漾出，在眼眶里久久回旋。他说，如果曾周活着，会成为一名出色的生物科学家。

潘文石教授的女研究生、曾周的师妹吕植已经是世界知名的大熊猫专家。生态作家方敏写作《熊猫史诗》时，曾采访过她，吕植这样回忆曾周的死：曾周和我同时入学，我们第一次野外考察的时候是大学的最后一年，我还没过20岁生日，他刚过完21岁生日。他也是一个刚刚准备开始生活的年轻人，他的死对我的震动非常大。在那之前，一个19岁的年轻人从来没有面对过死亡这个问题，通过这件事，才发觉生命实际上是那么脆弱和无常，轻易就可以消失。出事前一天，曾周还在跟我们开玩笑，第二天他的东西就全变成了遗物。曾周的死还给了我另外一个启示：人的出生本身就是一件很凑巧的事，生命本身又很脆弱，所以活着的时候就应该把每一天都过好，尽量多做一点事情，最起码自己不会有遗憾。经历过这样的事情以后，名利和荣誉就成了没有份量的东西。但是名利和荣誉不一定是坏事，要看怎么对待。比如名誉，在社会上有一定的发言权就可以做更多的事情，对更多的事情有影响，这是好事……

雍严格参与了搜寻曾周，对曾周之死很了解。说到这个，他总是叹息："曾周确为考察大熊猫而死，是个很值得怀念的青年。不过，他本该活下来的，只是因为他太固执，不听劝导，才导致坠崖的……"

曾周死前，收到北大研究生录取的讯息，可惜再没法实现他的理想。他成为世界大熊猫研究史上第一个为保护大熊猫献身的人。他的事迹传诵很广，当地政府和民众为他树碑立传。

一个年仅21岁的生命，又刚考上北京大学生物学研究生，师从著名大熊猫专家潘文石，前途如花般灿烂光鲜，却在我的家乡跟踪熊猫时不幸辞世。我那时正在距县城40多公里的乡下学校读五年级，这么大一件事竟然一点也没听说。大约10年后，我才从《佛坪县志》读到，自此每每想起便有一种怅茫和遗憾。

去年清明节前，我和熊柏泉从三官庙村子到保护站。快经过曾周墓时，老熊放缓了脚步，弯下腰，掐了几支路边绽放的野花，我下意识地模仿了老熊。我们把花摆在曾周墓前,老熊低声说:"曾周,我来看你了,你是好人啊!"

站在曾周墓前,我又恭恭敬敬地鞠了三个躬,心里满载着遗憾和肃穆。

三官庙村民在他们死去的亲人坟前挂了青,白纸剪出的吊吊在微风中摇头晃脑。曾周的"家门口",却只竖着两束野花,花瓣很小,白得心碎。

"千斤砸"下的冤魂

▼

大熊猫 PANDA

我的秦岭邻居

"千斤砸"下的冤魂

/

  这两个人为秦岭大熊猫保护事业献出了青春与生命：一个是北京大学研究生曾周，野外寻找熊猫时失足坠落悬崖；另一个是佛坪保护区职工赵俊军，永远倒在了偷猎者安置的"千斤砸"下。

  赵俊军的父亲是佛坪自然保护区的创建者和老领导，赵俊军通过招工来到父亲所在的单位。父亲离休定居西安，他被调回父母身边。条件是比山里好得多，却很不适应，一心挂念秦岭的山山水水，思念着大熊猫。这个倔强的青年不顾父母、亲友劝说，又回到山里，也不待在局机关,而是去了工作条件差、生活艰苦的三官庙保护站。

他生前喜欢养花,阳台上摆放着各色各样盆花,或艳丽,或素淡。他爱把自己收拾得干净利落,还帮那些邋遢脏乱的单身汉洗衣服。一个爱生活的人,自然会把他的爱分享给世间万物。赵俊军把自己挚诚的爱给予了秦岭熊猫,为它们而来,最后为它们而去。去世前那段时间,他负责患病熊猫庆庆的日常饮食与护理,尽心尽力,让我心生敬意。

谁能想到,送别庆庆后的第16天,赵俊军参加全国第三次大熊猫普查时,不幸误中偷猎者设下的"千斤砸",当场身亡……

太白山保护区鹦鸽保护站副站长李先敏被压成重伤,他曾赴四川做过大熊猫普查试点,这次担任着佛坪普查分队队长。遇险过程是他在病床上回忆的:

2010年12月16日,早晨8点20分,李先敏把自己分队的8人分成4个小组,分头出发。他和赵俊军一组,是去15里外的龙潭子龙王桥沟。冬日的秦岭,寒气袭人,山峦沟谷覆盖着厚厚的积雪,他们踩在上面发出"咔嚓、咔嚓"沉重的声音。10点多,到了规定区域,他们俩顺着一条长满巴山木竹的山沟向梁上勘察。进沟不久,就见到不少大熊猫的新鲜

赵俊军对即将回归自然的庆庆依依不舍
(文青 摄)

粪便。他们的兴致一下子高涨起来，翻过一个又一个山梁，顺着熊猫留在雪地上的足印向上爬。11点20分左右，到达了一个平缓的向阳面山梁。山梁上长满1米多高的竹子，是大熊猫往来两条沟谷间的必经之路。

本想就地休息的，附近一个木头搭建的"棚子"引起了赵俊军的注意。"棚子"高3.4米，宽2米多，有10平米大，是用十几根圆木搭成的。横圆木上搭着细点的杠木，用葛条捆扎着。上面铺着一层密密的竹子，顶上是层厚厚的树叶。他好奇地近前察看，里面没有床、被子，也没有锅碗瓢盆，只见房梁上用铁丝挂着一大块带毛的野物骨头，骨头上有些残肉。那骨架比麻羊大，比羚牛小，从嘴部残留的一点白色皮毛判断，似乎是大熊猫身上的。

赵俊军返回来对李先敏说："好像是有人杀了一只大熊猫，里面有些动物的肉和骨头，走，进去好好看看——"赵俊军先进去，他跟在后面。刚一翻动那骨头，赵俊军一个"走"字未喊完，"棚子"呼啦啦塌下来，木头和巨石重重地砸在他们身上。李先敏只觉得被人用力推了一把，便什么都不知道了。

他不知道自己是怎么倒在地上的，也不知过了多久，等到再能看见东西的时候，明白自己是误中了偷猎者设下的机关。他被砸倒在地，趴着，背上和周围是横七竖八的木头和巨石，头痛得像要爆炸，似乎整座山都压在自己身上。

他试着活动一下身子，发现腰部以下失去了知觉，左手被卡住，右手还可以动弹。借着木头与石块间透进来的光亮，李先敏摸索着戴上眼镜，寻找赵俊军。人就在身边，脸对着脸，只有半尺远。赵俊军右腿单腿跪地，头趴在左膝盖上，满脸淌血。肩上更是压满木头，十几块石头被其跪着的身体挡着,一点点光亮就是从那缝隙透进来的。他使劲喊赵俊军的名字,还不停地用右手给他擦血。那血已没有了温度,冷得像地上残留的冰雪。恐慌与本能,使他忍住剧痛,大声喊着"救命",不停地叫着队友的名字。哭喊了四五个小时,嗓子嘶哑了,喉咙干渴得直冒烟。

山野没有一点声响,死一样的寂静。一片凝固的寂静中,忽然听到奇怪的"嘎巴嘎巴"声。他很快明白了,这是赵俊军骨头受压断裂的声音。赵俊军个子高,又是跪姿,承受着大部分重量,自己是趴在他撑起的一点空隙中存活的。赵俊军那只承受重量的左脚慢慢下陷,脸被压得变了形,眼睛鼓起来了,舌头伸得老长。李先敏后来说:"我从来没有如此近地面对着如此骇人的一张面孔!"骨头断裂粉碎的声音,还在清脆地响着。石头很快会压碎自己的,眼看着死神一步步逼近,就要攫走他35岁的生命,他感到一种前所未有的恐惧裹挟着自己。

李先敏的脊背受压拱不起,就只有向下移动。他感觉压在背上的石头越来越沉,呼吸越来越急促,内脏像要被挤爆挤裂,他不停地掏身子下面的土,终于刨出一个浅坑,将胸腹部放进去,把最易受伤的内脏保护起来。时时面对那张骇人的脸,他的生存意志被一点点摧毁,索性摘下眼镜,扔了出去,眼前一片模糊,对死亡的恐惧减少了。只是另一种恐惧却涌上心头:天黑了,豺狗又该出来觅食,那家伙会嗅着血腥而来,吞噬那被砸伤半露在外的右腿。他的右腿却一点也挪不动,根本收不进来,只好不停地吆喝,借以吓跑那些可恶的家伙。

尿也来添乱,憋得慌,只有硬忍住——一旦尿湿衣裤,冰冷的雪加上冰凉的尿，会把自己冻死的。大约晚上10点，迷迷糊糊中，他忽然听见远处传来呼喊声，又惊又喜，连忙答应。声音越来越近，手电光越来越亮，他终于坚持到了获救时刻。

原来，他们野外所看到的"房子"，不是用来住人的，而是专门用来猎捕野生动物的盗猎工具——"千斤砸"。房梁上所挂的野生动物骨头既是诱饵，也是盗猎工具的控制机关。这种原始的狩猎工具，是用8至12根直径8至10厘米、长约2至3米的木头，拿钢丝绳捆绑组成的"井"字型木架。它采用踏板原理支撑，内设触发机关，其上压着几千斤石头。人畜一旦踩上，即使不被砸死，也会造成重伤。这次压在他们身上的石头，大小有18块，重达两三千公斤。小的50多公斤，还可搬掉。两块大的至少各有150公斤，几个人都抬不动，只好用木杠撬。真不知道那些偷猎者是怎样架上去的。因其野蛮残忍，已经在秦岭山区消失多年，没想到邻县贺家两兄弟竟然会使用。

"千斤砸"造成的悲剧及其教训是多方面的：它直接酿成大熊猫调查员赵俊军死亡、李先敏截瘫的惨烈后果；安放的钢丝套、"千斤砸"，套死、砸死国家一、二级保护野生动物10多只。作恶者害人害己，30多岁的年纪一个被判死缓、一个无期，硬是把自己的前途命运葬送完了。秦岭人对野生动物向来怀着关爱与呵护，这一美好形象却叫贺家兄弟给打了折扣。

今后如何避免这样的人为悲剧，比诉说悲剧本身显得更加紧要。最为关键的是要提高全社会人的保护意识和生命意识，敬畏生命，不猎杀、不消费野生动物；还要普及法律知识，人人遵纪守法，不做违法的事；各级林业保护部门更要担当起责任，不懈怠，不渎职。唯如是，这样的惨案才不会再发生。赵俊军在天之灵，也才会安息。

我作此文时，赵俊军已离开人世5个年头。"逝者如斯夫，不舍昼夜。"突然想起孔子的话。我想，在那个世界，赵俊军不会寂寞的：秦岭的山水时时相伴，爱恋的熊猫日日作陪，没了人间的功名利禄、是非烦恼、得失羁绊，活人的扼腕、缅怀也渐如坟头的纸烟绵绵漾去。

与"偷猎者"的周旋

近年来，秦岭生态保护工作取得了很大的进展，开垦林地、捕猎设陷阱等的事情已经很少了。但还是有少数人为了利益选择铤而走险，猎枪、钢丝套、吊杆、千斤砸等成为盗猎的主要工具，无数的秦岭生灵被端上餐桌……

详情请扫码阅读了解。

无人区的守望者

▼

无人区的守望者

1

这个夏季一个欲雨未雨的日子，我终于走进秦岭深处一个叫西河保护站的地方，与这里的主人展开了一场注定难忘的对话。

佛坪地图上查不到西河保护站，只能见到一条由北向南流淌的河流，名为西河。西河保护站坐北向南，建在两条河交汇的一块平地上，一条水泥小道从铁索桥头通向门口，其上两行红漆字"熊猫保护路漫漫，西河任重而道远"。保护站大门左边挂牌子，右边也刷一行漆字：西河欢迎您。三间石头房子，还有一间由原木搭建的简易库

大熊猫 PANDA
我的秦岭邻居

西河保护站（曹庆 摄）

房，是这片丛林中唯一的人类建筑。院子四周围着竹栅栏，里面种着苏麻、黄豆、茄子、大葱、红薯各种菜蔬庄稼。厨房外种着辣椒，出门摘几个在水管上一冲，就能下锅炒起来。

西河保护站是6个保护站中管辖面积最大、工作人员最少、条件最艰苦的站点，也是秦岭熊猫密集生活的区域。全国第四次大熊猫调查中，佛坪保护区直观大熊猫30多只，西河保护站辖区内就有17只。我省首次捕捉到熊猫背着幼仔在雪地行走的照片，就是熊柏泉于此地拍摄的。

管辖这里的3个巡护

斑羚的腾空一跃（马亦生 摄）

工，以质朴的情怀、辛勤的汗水和执着的付出，守护着这片山林，守护着熊猫、金丝猴、羚牛、斑羚、黑熊、野猪、锦鸡、角雉、血雉们的安全与幸福。

与鬣羚相遇（熊柏泉 摄）

51岁的熊柏泉是保护站站长，常年坚守在这个荒无人烟的地方。保护区筹建时，他随伯父来佛坪，干过炊事员、向导、巡护员。到来的第二年，他在大古坪二十吊钱沟看到一只八九十公斤的熊猫，趴在树上呼呼大睡。老熊说，从那一刻起，他就迷上了熊猫，再也忘不了。

西河保护站筹建时，局里让他临时负责。一座小木屋，遮不住风，挡不住雨。他带着两个巡护员用塑料纸稍加遮挡，就在里面安了身。夜里，他们生一堆火，既取暖又照明。5年后，老熊被聘为站长。

渐渐地，西河有了太阳能发电机和热水器，大家可以看电视洗热水澡。再后来，有了自来水。保护区又对部分艰险路段做了水泥硬化处理，巡山出行安全多了。天晴太阳能发电，阴天用汽油发电，油贵也不敢久用。三个男人白天巡护，晚上看个新闻联播、电视剧，9点多睡觉。他们整天待在一起，家里娃子大小、山里熊猫趣事、鬼怪灵异，该说的话都说完了。

熊柏泉干着中层领导的事，身份却与管理局其他中层领导差别很大。他拿着合同工工资，基本工资比人家正式中层干部低。正式职工连续3年先进奖一级工资，他年年被评为先进个人，却从没享受过这种"殊荣"。

他们的生活用品从13公里外的大古坪背来,大古坪的好些东西又是隔半个月左右从县城捎来。他们为了省钱和方便,就在院子里种上蔬菜。

这里遇个人比见只熊猫还难,有时一个月也碰不到一张生面孔。生活单调辛苦,年轻人不愿来,来了也待不住。每月回家休息几天,防汛防火期间不能离开,就连过年也不得耽误工作。合同工回家团圆,他就年年春节守在站上,从大古坪雇人搞巡护陪自己过年。等人家休完假,他才能回家。有一次一个农民路过,他就挽留:"你留下来,我给你做饭,我给你炒菜,我陪你喝酒。"这里太寂寞了,他是需要一个人陪他说话啊。

他把整个心给了熊猫,家里的事全堆给妻子。妻子照看孩子,开个面皮店补贴家用。"我想让孩子了解自己的父亲在做什么,天天过着怎样的生活。我没能给家里挣多少钱,但我希望他们能够理解我工作的意义。"有一次过年,媳妇孩子来看他。正月初二,他带着两个孩子巡山,他的孩子也就来过那么一次。

他们的任务是防偷猎、火灾,救治病饿野生动物,观察记录它们的生活习性。他曾和两个巡护工住在黄桶梁,对付伺机而来的盗猎分子。曾一次抓获11名盗猎分子,缴获8只死去的林麝。盗猎分子拿着枪,危险随时会发生。但他们

外业出发前 (曹庆 摄)

就是不怕,玩着命干。

虽是无人区,但邻近的村民想来挖药材,也有外边来偷猎的。他想出个好法子,以个人名义借用中科院动物研究所的摄像头,安在人和动物经常活动的地方。这个方法很管用,不仅能拍摄、监测野生动物,还能阻挡村民的违法行为。大家都怕被拍上,不敢再冒这个险。

巡护途中过河 (熊柏泉 摄)

常年在山林里奔波,危险时时存在。西河站监测、巡护线路100多条,每条线超过25公里,每月都要用脚步丈量一次。距离最远的黄桶梁30公里,要过28次河,夏季涨水时淹到脖颈,冬天冰冷的溪水冻得腿脚麻木。转坪峡那段最为艰险,有两公里峭壁"鸟道",要经过好几处悬崖峭壁,手脚并用才能爬过去。稍有不慎,就会掉进水深流急的河里,或重重摔在乱石滩上。他们每次经过,心都得悬着,望着绝壁祈求神灵保佑。有时回不来,就在山洞过夜,或是搭帐篷。大家渴望能在这里固定一条钢缆,方便行走,可争

像猴子一样攀援 (熊柏泉 摄)

取不到资金。常年风里来雨里去,老熊患上风湿病、腰椎病,巡护时也把药带上,一天三次地吃——我在他卧室闻到一股浓重的药味,发现桌子上摆着各种药瓶子。

路途艰险不说,狭路相逢的野生动物,更是对他们的考验。有一次走在茂密的竹林,同事背着背笼走前面,来到转坪峡山头附近。一只羚牛从后面冲过来,吓得他趴在地上。羚牛从后面朝同事扑去,他赶紧"汪汪汪"学狗叫,才把它吓跑了。还有一次,一只黑熊顺着便道往下走,离人20多米,他就躲在大树后拍照,最后迎面拍。只有10多米时,他赶紧捡块小石头,扔到半坡上,黑熊朝声响处跑去。他说,遇到黑熊不敢上树,爬不过它,只有趴在地上装死。山里野猪十几头结队乱窜,更得留神,不敢大意。

抢救患病熊猫,是他们的重要职责。熊猫生病了,经常到河谷喝水,在竹林平坦处晃悠,吃死去的动物尸体。蛔虫病是野生熊猫的常见病,目前尚未找到有效的预防手段。曾发现3只在河边活动的熊猫,全染上蛔虫病,有五六岁的,也有老年的,都没有抢救过来。有一只解剖后胃里没有一点食物,全是蛔虫,足有上千条。

老熊说起一只没有救活的熊猫,心情很沉重。那只熊猫摔伤了头颅,又遭寄生虫侵害,严重脱水,极度衰弱。他们4个人,两人一组,轮流陪护,最后还是没有挽救过来。沉默了好一会才缓过来,又讲起熊猫背仔的趣事。大雪把山林装点得格外丰满,大"雪花熊"带着小"雪花猫"穿行在竹林,母子俩走走停停。本想再靠近一些,又怕惊动它们,老熊只好"埋伏"在300米开外的竹林雪地,用长焦镜头拍了几张相片。

野外撞上熊猫母子,实在是平常不过的事。然而,接下来的一幕让他大为惊讶：熊猫妈妈沿山坡向上缓慢走去，半岁多的幼仔突然调皮地从后背爬上去，抱住妈妈前胛部位，叫妈妈背着自己。周围两三平米范围内没有竹子，只有几根桦树，视线较好。他想拍个清晰的正面，就从侧面慢慢靠近拍摄，距离60多米时，踩到一个冰溜子。冰溜子不承重，断裂了。发出的咔嚓声，很响亮，惊扰了母子俩。熊猫妈妈猛一侧身子，幼仔掉下来，并没有摔倒。它迅速跟上妈妈，母子俩加快步子，一前一后，走远了。"熊猫妈妈常常用嘴叼或怀抱幼仔，这个妈妈却背着宝宝雪地行走，母子情深好让我感动。这张照片在全世界疯传，国内外好多记者打电话采访，我忙得不得了，差点想换手机号……"事情已过去近两年，老熊脸上仍然写满激动。

熊柏泉坚守深山呵护熊猫的事迹渐为外界所知，媒体开始对他报道，却招来许多人的非议。有人说他想出风头，有人嘲笑他懒惰不出去打工挣钱。"我就是个打工的，只是钱挣得少。我也确实没做什么贡献，就是个普通人……保护区的同事曹庆写过我，我女儿说：'曹

本文作者采访西河保护站站长熊柏泉（白忠德　提供）

庆阿姨把我爸爸写得太好了,再不要写了,叫人看了心酸!'我不说自己的辛苦了,说了眼泪就下来了……"

32年过去了,熊柏泉的名字仍在"另册"中。这位饱经沧桑的中年男子、保护区的中层干部,依然是巡护工,依然在70多平方公里的无人区,做着看似简单琐碎、日日重复的事:白天吃饭巡山,看捎来的文件报纸,按时给局里电话汇报;夜里写工作日志,看一两小时电视,然后上床睡觉。

我问他为啥坚守这么些年,他回答:"起先是为了生存,再往后是工作需要。现在不想那么多了。熊猫让我爱上了这片山林,让我快乐充实起来,我把佛坪祖辈留下来的宝贝和家园看管好,对得起良心,这就行了,只要我在这里,就把工作干好……"

我那天在西河待了多半天,天黑前告别熊柏泉,急慌慌地回到人烟稠密、灯火明亮的大古坪。我是连滚带爬、大汗淋漓"逃离"西河的。远远看到大古坪人家窗户的灯光,那悬到嗓子眼儿的心才落下来——我忍受不了大山深处的空旷孤寂和对野生动物的天然惧怕。

"熊猫画家"王西林

▼

"熊猫画家"王西林

/

我在书画界朋友很少,有深交的就更少,王西林便是这更少朋友中的一个。

多年前,一位朋友说找个画秦岭大熊猫的画家,我就托人寻觅。又再往上搜索,画家是寻得了,却是画四川大熊猫的,人也不在陕西。我就生出遗憾,这秦岭大熊猫知晓度太低了,连个画家都吸引不住。又长了热望,盼得陕西也出个熊猫画家。这大抵是十年前的事了,那个时候王西林已开始专供熊猫画了。

后来在一次朋友聚会上，认识了西林，他介绍自己是画熊猫的，我就说自己是写熊猫的。都是吃熊猫饭的，前世有缘分，手便紧紧地握在一起，像是恋人见面般热乎。三年前，我牵头搞过一次晋陕作家佛坪采风活动，首先想到了西林。照着猫咪画老虎，作画的人面前是要卧只猫咪的。画熊猫的，怎么能不去看看熊猫貌相呢？实则他已到秦岭、四川拜望过熊猫了，但我当初是这么想的。他也爽快应承，如约到了熊猫谷。

熊猫画家王西林 （王西林 提供）

八月初的秦岭，承受不住太阳的热情，熊猫谷的草都晒焉了。棕色熊猫七仔，没在"家"里午觉，卧在两面围墙夹角处一个小平台上，刚好能搁住身子，躲过锋利的光线。七仔睡得香，伸着红舌头，只是好久才动一下，也不翻身——它当然明白翻个身的后果了。我是看了一阵，失了耐心，便去拜访金丝猴。而西林趴在围墙外，把头伸进去，一眼一眼瞅着，不是琢磨，像钉子样钉着。脸上的汗水像大雨中的屋檐水，他不住地擦着。原本肤色黑，那脸也快成熊猫脸了。那拨人都离开了，他还待在那里，我就打心眼佩服起他来。

那次采风活动的最后一站，是到我老家看看，吃个家常饭。约莫20个文友，有两个朋友有心，给我父母带了礼物，西林便在其中。我就被感动了，觉得他是重情的，与我对着口味。后来他来我办公室

取采风的文章集子,聊了半天大熊猫和他的绘画之道。我们一起吃泡馍,他要掏腰包,被我捂住了。我说,你来我这儿请客,就说不过去了。我是喜欢请人吃饭的,西林比我还大方,我对他的好感像是夏天秦岭河溪里发大水。

大荔是出产西瓜的地方,曾经名气大得很,只是现在沉寂了。就像平静的河水突然遇到大石阻挡,浪花高起来了。大荔冒出了王西林,凭着多年的精耕细作创出一片天地,扛起为家乡扬名的大旗。西林自幼爱文艺,空时就涂抹,教室课桌、家里大门、厕所墙壁都留下他的粉笔画,村人都说"王家娃儿有出息"。西林长大后,接替父亲到西安一家企业上班,没过多久这家单位倒闭。失了稳定的工作,西林没受到啥打击,觉得人这辈子就要靠自己,遂应聘到《炎黄文化报》当编辑,干出成绩做了主编。

无论上学,还是工作,他坚持住了一件事,那便是画画。最早画竹子、牡丹,天下画竹者众,要想弄出大名望还真不容易,但竹子与一种国宝联络很紧。大熊猫高度特化,由食肉动物转为专门咀嚼竹子,避免了绝灭,走到了今天。可以说,是竹子拯救了大熊猫,没有竹子,就没有大熊猫啊。西林恐怕都没想到,当他选择竹子的时候,他的艺术生涯注定将天高地阔。

他是从一张熊猫宣传画得到启发,转而画熊猫的。那张画至今留存心底,时不时泛上心头。画中一大丛竹子,高高的竹竿,碧绿的竹叶,下面躺着一只大熊猫,靠着竹竿,肚皮朝上,嘴里衔着竹枝,墨镜里那双小眼温柔祥和。眼珠一下子磁在画上,好久好久没动弹,等内心的震撼稍稍缓减,西林才感叹起来:"这国宝太可爱了,太端庄了,这是对我的召唤啊!"

打那以后，西林迷上了大熊猫。熊猫穿黑白衣服，偶有化妆为棕色的。看似色彩简单，画出神韵却是很难的。单是熊猫眼睛，他就尝试过多种，都不满意，后来从国画理论里汲取养分，从人体摄影中获得灵感，神似远远超过形似。他是追求熊猫神韵，透过眼睛看出熊猫的所思所想。西林说："画成现在这种眼睛，炯炯有神，随着人的视角转换而动，从任一方位观之，它都盯着你看，人称会动的国画熊猫。"

熊猫的毛也试过几种，开始时试用淡墨表现白，不理想，后来用湿画法，半干时用笔皴擦，有一种毛茸茸的感觉，但那熊猫失了野性。后来他在佛坪看到真熊猫，发现它们的毛色并非纯白，有一种黄黄的颜色。特别是野生熊猫，风里来雨里去，泥土杂物浸染，毛色失去纯白。于是，大胆选用赭石色表现白毛，符合着自然本貌。

老实说，写实画来得容易，网上大熊猫照片多得很，随意选一张对着描摹便是，好比画人体模特。那是碎娃学步，是为了今后走路迈大步。真正的艺术家，绝不满足于此的。上等画是追求神似的，必然要写意，要虚实相生，要那份意境。大熊猫不喜欢热闹，平日里独来独往，除过带仔和发情期。带仔的是母子，亲情绵长；发情期是公猫

熊猫（王西林 作）

围观聚拢打斗，一幅你死我活的架势。西林笔下的熊猫群像，一个远远坐着，嘴里含根竹枝，另两只亲密相偎，第四只蹲在近处，一只前爪抬起，平静地望着那俩猫。这在秦岭里是不会有的场面，西林把它们撮合在一起，让我们看到熊猫间的和睦团结，熊猫与秦岭、与人类的和谐相生。这样的画作很多，据说连草图有几千张，很能反映西林的胸怀抱负和气度才情。

西林爽快不吝惜，听说我要出大熊猫生态散文集子，把他的熊猫画发来让我随便用。西林说："熊猫作家咋能没熊猫呢，改日好好作幅送你……"

这等好品性，加之勤奋进取，西林是般配了"熊猫画家"头衔的，他的艺术之路会走得越发展阔。

后记

没有读过《我的秦岭邻居》的朋友，这本书便是写给你们的；读过的朋友，也不妨再看看，这本书是《我的秦岭邻居》的延伸与扩展，添了好些新内容，文字也更活泛感性。

我是吃熊猫饭的，沾了熊猫的光，若是有人问我何方人氏，我总是这么回答：佛坪，大熊猫的故乡，有100多只呢，全世界才1000多只。还时不时主动向身边人介绍，张扬故乡的同时，也是在炫耀自己。我这些年围绕秦岭熊猫做了不少文章，见诸报刊不少，也有获奖、入选语文辅导教材的，还弄出几本书来，浪得"熊猫教授"的浮名。也是秦岭熊猫的内敛智慧，让我的文字多了一点鲜活与灵气。真的要感谢秦岭大熊猫，你们是我的邻居、朋友、兄弟姐妹！

我是作者、观察者、思考者，读者朋友也是"我"，是自然和生命的关照与呵护者。我们一道走进秦岭，走近熊猫，走向人类希望的远方。

"我毕竟是个外行，学识极浅显，经历也很寡淡，故书中的素材、资料除亲身所见所闻，也来自报刊、书籍、网络，一些内容更是我直接或间接'化用'的，痕迹是擦不掉的。乡下的时候，我经常看到屎壳郎，那些黑家伙把人畜粪便一点点巴拉，一点点滚成团，团结成一个圆圆的蛋。然后把它缓慢地、吃力地、倔强地推进巢，再从从容容地享受。想来我就是这样一只屎壳郎，只不过是只搬运文字的屎壳郎。"

这是《我的秦岭邻居》后记里的话，放在这里也是般配的。由此，我要衷心感谢胡锦矗教授、潘文石教授、吕植教授、魏辅文院士、雍严格高工等等提名或未提及名字的先生们，你们的研究成果直接促成了这本小册子的出生。你们是熊猫界的巨人，是我永远的老师！

当下是读图时代，写熊猫的文字配上图片，可谓"一图遮百丑"。感谢为我提供照片、画作的师长、朋友和单位，他们是：魏辅文、方敏、吕植、谭楷、王恒、庞旸、杨都、吕秀奇、雍严格、赵纳勋、马亦生、熊柏泉、曹庆、向定乾、梁启慧、刘小斌、王维果、王西林、赵鹏鹏、邰宗武、赵建强、吴燕峰、蒲志勇、齐杨、何夷栋、何鑫、李胜红、王肖、赵一、文青以及卧龙保护区、佛坪熊猫谷景区！

本书的创作出版得到佛坪县政府、洋县华阳管委会、西安中阳网络信息技术有限公司等单位的大力支持，著名作家贾平凹先生热情推介，王泉总裁、王肖女士策划编校。感谢师友们的无私相帮！

这些年，我坚持住了一件事：没有吸过一支烟。以后的岁月里，我还要坚持住一件事：读书写作。

我是在读书写作的时候，忘掉了诱惑、失意、虚妄、欲望，就像个刚刚脱离母体的婴儿，没有污染，没有负累，没有喧嚣。

我是太过看重精神所得，经常自嘲是个务虚名的。既如是，就要弄出大虚名来才好。

2019年5月17日
改定于余家沟